애드식스

애드식스

진현준 지음

좋은땅

차례

1. Octave ⋯ 9

2. Intro ⋯ 33

3. Diminished ⋯ 49

4. Sus4 ⋯ 65

5. Minor ⋯ 81

6. Major ⋯ 91

7. Add6 ⋯ 103

8. Arpeggio ⋯ 131

9. Outro ⋯ 141

　　작가 후기 ⋯ 146

"그 다시 잡을 펜으로 이 노래의 가사를 써 줄 수 있나요?"

디미니쉬 코드처럼 불안정하게 시작된 우리의 만남, 이 노래는 이미 그녀를 위해 써 내려지고 있었다.

새봄의 사별, 겨울의 잠수 이별, 두 아픔이 만나 여러 번 엇갈리며 만들어진 멜로디와 가삿말, 우리 사이도 이 노래처럼 불협화음보다는 메이저 코드가 될 수 있을까?

1. Octave

1 Octave

내 노래가 처음 주목받았던 것은 불과 일 년 전이었다. 앞으로의 음악 생활에 걸림돌은 없을 거라 믿었던 안일한 착각은 현재의 나를 더 조급하게 만들었고 의욕마저 잃게 하였다.

그저 순수하게 '나의 노래'를 만들어야겠다는 생각은 불과 반년 만에 욕심으로 바뀌었다. 세상이 주는 주목이라는 유효기간은 생각보다 짧았다. 화르르 소리를 내며 자신의 몸집보다 큰 불꽃을 일으키고 얼마 가지 않아 까맣게 시들어 버리는 성냥개비 같은 것, 그것이 내가 느낀 주목과 같았다.

흡음재와 벽 사이로 곰팡내가 은은하게 풍기는 반지하 원룸은 음악을 시작한 뒤로 몇 년째 살아가고 있는 나의 거처이다. 아슬아슬하게 햇빛이 드는 창밖으로는 가끔 배가 고파 찾아오는 치즈태비 고양이가 평온하게 털 정리를 하기도 한다. 나는 오래 치지 않아 조율이 제대로 되지 않은 중고 통기타를 들고 컴퓨터 책상 앞에 앉았다.

조금 어질러져 있는 책상 위에 포장지로 대충 감싸져 있는 밀크 초콜릿이 눈에 들어왔다. 며칠째 입맛이 없던 나는 아침 겸 점심을 절반 남은 밀크 초콜릿으로 때우고 방치되어 있던 오선지 공책을 집어 들었다.

맨 첫 장에는 세 줄로 구성된 음표들과 C - G/B - Am7 - F - G 다섯 개의 원초적인 코드가 두 번 반복되어 정갈하게 자리 잡고 있다.

올해 상반기 발매를 목표로 하고 있던 작업물이었지만 만족스럽지 못했던 탓에 여러 번 구겨 버리고 겨우겨우 세 줄을 채워 놓았던 악보다. 반들반들한 작품으로 이어질 좋은 아이디어가 없었기 때문에 올해에 들어서는 음악 활동과 전혀 관련 없는 아르바이트와 월세에 조금 못 미치게 정산되는 인접권료 수익으로 버티고 있었다. 생활고에 시달릴 정도는 아니었지만 바쁘다는

1. Octave

핑계로 그나마 연락이 닿던 친구들의 만남 제안도 거절하고 전화번호까지 변경했다.

  그 결과 몇 달 동안 연락이 오는 곳은 070으로 시작되는 광고성 전화나 여론조사 기관뿐이었고 아주 가끔 이 바뀐 번호를 쓰던 사람에게 오는 문자들이었다. 의도한 건 아니었지만 대중 매체에 조금씩 노출되고 있는 나의 이름이 주변인들에게 '성공'이라는 수식어를 붙여 주었고 한편으로는 대학 동기들 사이에서 '유명세에 젖기 시작한 그가 일부러 연락을 받지 않는 거다'라는 시기 질투로 번졌다고 한다. 남들의 이야기에 딱히 관심이 없었던 나는 억울함보다는 만족스러움이 더 강하게 다가왔.

  그 덕에 작년에 열심히 살았으니 조금 쉬어도 된다는 생각은 올해의 벚꽃이 만개할 때까지도 이어졌다.

  정오가 되자 창문에 광량이 더 많아졌다. 아직 세 줄밖에 쓰지 못한 이 노래의 영감이 떠오르지 않는 건 정리되지 않은 환경이라고 생각했다. 책상 위에 놓인 다 쓴 휴지심, 초콜릿 포장지, 비어 있는 영양제 통들을 치우기 시작했다. 하루가 지나면 다시 쌓일 먼지를 물티슈로 닦아내고 키보드 밑을 닦기 위해 장판을 들자 삐뚤게 접어 놓은 영수증 한 장을 발견했다.

얼마 동안 밑에 있었던 건지 접힌 부분의 QR코드 잉크 자국이 하얗게 바래 있었다.

제주 Jeju → 김포 Gimpo 탑승일 2023년 7월 23일

나는 손에 들고 있던 물티슈를 내려놓고 잠시 그 영수증을 멍하니 바라보았다. 재작년에 갔던 제주도는 그녀와의 마지막 추억이 있었다. 100일 여행으로 시작되었던 7월 22일 밤, 중문색달해수욕장에서… 그녀는 나에게 남자가 걸치기에는 조금 짧았던 은빛 달 모양 목걸이를 감아 주었다. 그리고 서울로 복귀했을 때 거짓말처럼 잠수 이별을 당했다.

그 밤, 날 바라보던 사랑스러운 눈빛을 마지막으로 다시는 그녀를 찾을 수 없었다. 2년 가까이 시간이 흘러간 지금, 이미 그녀의 사진이나 대화 목록들은 지워 버렸다. 그날을 기억할 남은 추억이라고 해 봐야 이 비행기 영수증 한 장과 책장 옆에 대충 던져 둔 은빛 달 모양 목걸이뿐이었다.

그날 뒤로 이성에 대한 믿음이 무너져 내려 누군가를 만나려 하지 않았다. 대신 그 기억은 나의 소중한 데뷔곡 '이별선물'이라

는 영감을 주었다.

　지나간 내 마음을 위로라도 하듯 그 진심이 담긴 노래는 유명 라디오의 전화 연결과 노래 송출, 그리고 관련 영상 릴스의 알고리즘까지 더해져 수백만 명에게 닿아 큰 주목을 받게 되었다. 헤어진 날부터 그 노래가 알려지기 시작한 날들의 추억이 스쳐 지나갔다. 나는 습기에 너덜너덜해진 종이 영수증을 집어 던지고 바닥에 누웠다.

　'이 노래… 이제는 듣지 않았을까?'

　몇 분을 가만히 누워있던 내 모습이 점점 한심하게 느껴질 때즈음 휴대폰으로 무심히 비행기 표를 예매했다.

　혹시 그곳에 새로운 마음으로 가 보면 다른 영감이 떠오르지 않을까? 절대로 그녀가 보고 싶다거나 흔적을 찾으러 가는 게 아니었다. 나는 단지 '이별선물'을 능가할, 오선지 공책을 채워 나갈 신선한 영감이 필요했을 뿐이었다.

　이른 아침, 2박 3일 동안 가장 필요한 짐만 여행 가방에 쑤셔 넣고 집을 나섰다. 몇 주 동안 덮개로 덮어 놓았던 스쿠터에 어렵게 시동을 걸고 김포공항으로 향했다.

　겨울을 지나 점점 더 이른 시간 세상을 비추는 태양은 아직 모두를 따뜻하게 만들기엔 부족했다. 목적지를 얼마 남겨 두지 않았을 때에 갑작스럽게 내린 소나기가 내 얼굴을 따갑게 만들었지만 얼마 가지 않아 그 감촉을 즐기기 시작했다. 대체 얼마나 좋은 일이 있으려고 출발 길부터 순탄치 않을까…

스쿠터를 주차하고 빗속을 헤쳐 공항 건물 내부로 들어왔다. 이른 아침의 공항은 적막함이 흘렀다. 그 속에도 일부 승객들은 분주하게 제 갈 길을 찾아 움직이고 있었다. 조금 일찍 탑승장에 도착해 기다리는 동안 무빙워크 옆으로 카페가 눈에 들어왔다. 아이스 아메리카노가 마시고 싶었지만 바다가 보이는 카페의 온전한 감정을 느끼고 싶었던 고집에 조금 구석진 곳에 자리한 정수기로 목을 축였다.

점점 많아지는 승객 무리 사이로 비행기에 올랐다. 작년에도 같은 생각을 했지만, 이코노미석은 해가 지날수록 더욱 좁아지는 느낌이었다. 창가 쪽 좌석을 예약할 수 있을 정도로 비행기의 좌석은 여유로웠지만 나는 다리를 조금이라도 더 펼 수 있는 복도 쪽 자리를 선호했다.

이륙을 알리는 방송이 나오고 비행기는 천천히 활주로를 향해 갔다. 귀를 먹먹하게 만드는 엔진 소리와 함께 땅에서 멀어진 것

1. Octave

을 느꼈다. 바깥 풍경을 보기 위해 고개를 돌렸지만, 멀미가 나려 해 눈을 감았다. 갑작스럽게 내린 비 탓인지 비행기는 이륙을 하고 나서도 몇 번을 울렁거렸다. 뒤틀릴 것 같은 속을 부여잡으니 이내 안정을 되찾자 불편한 자리라고 생각하기가 무색할 정도로 편안한 잠을 청했다.

조금씩 허리가 아파 올 무렵 스튜어디스가 내 옆을 지나가며 의자를 세우고 선반을 넣어 달라고 요청했다.

"다 와 가는구나…"

비행기가 착륙하자마자 승객들은 분주해졌다. 나는 여유롭게 앉아 있었지만 이내 안쪽 자리 승객들의 눈빛이 느껴져 금방 일어날 수밖에 없었다. 뻐근해진 몸을 일으켜 기지개를 켜고 게이트를 나섰다.

열아홉의 수학여행, 반 오십의 100일 여행, 그리고 혼자 도착한 나의 세 번째 제주도는 그날들과 다른 방향의 바람이 불고 있었다. 혼자만의 여행이 시작되었다는 설레는 마음으로 렌터카 셔틀을 타고 2박 3일을 함께할 흰색 소형차를 인도받았다. 뒷좌석에 여행용 가방을 던져 놓고 휴대폰으로 주변 카페를 탐색했다. 여러 카페 중 집중이 잘될 것으로 예상되는 공항 근처 브런치 카페를 발견했고 내비게이션에 주소를 입력했다.

　3월 말 평일, 바닷가가 잘 보이는 카페의 테라스는 제법 선선하면서도 나를 귀찮게 할 만한 인기척조차 들리지 않았다. 조금 허기진 배와 공항에서부터 지금을 위해 카페인을 참아 온 나에게 보상이라도 해 주듯 아이스 아메리카노와 토스트를 주문했다. 그리고 햇살이 은은하게 비추는 테라스에 자리를 잡고 오선지 공책과 펜을 꺼내 들었다.
　음표를 그리기 위해 오선을 네 마디로 나누고 10개의 높은음자리표를 채워 넣었다. 아이스 아메리카노를 한 번에 절반을 비우고 나도 모르게 "키야" 하고 감탄사를 내뱉었다. 그제야 현실을 벗어났다는 쾌감과 함께 순조로운 작업을 예상했지만, 정신을 차려 보니 음표가 아닌 의미 없는 낙서를 하고 있었다.
　왼쪽으로는 테트라포드와 등대길, 오른쪽으로는 이호테우 말 등대가 넓은 바다의 시야를 조금 좁게 만들었지만 꽤 조화로운 그림이었기 때문에 거슬리지는 않았다. 조금 신경 쓰이지 않을 정도로 시선을 먼 곳으로 뻗어 보자 하늘과 맞닿은 수평선의 장관에 홀려 정신을 놓아 버렸다. 휴대폰을 들어 사진을 찍어 보았

1. Octave

지만 내가 보는 장관의 화려함을 모두 담을 수는 없었다.

"혼자 여행 오셨나 보네."

테라스로 나온 카페 사장님께서 한 손에 토스트를 들고 말씀하셨다.

"아아, 네… 풍경이 정말 예쁜 것 같아요, 이 카페랑도 잘 어울리고요!"

"하하 감사합니다, 물론 여기 바다도 아름답지만 여기서 해안도로 따라 쭉 내려가다 보면 애월읍이 나와요. 거기는 시야가 더 탁 트여서 예뻐! 운 좋으면 돌고래도 볼 수 있고."

"오… 정말요?"

"쓰읍, 아직은 조금 추우려나?"

"꼭 들러 볼게요! 감사합니다!"

나는 토스트를 받아 들고 오늘 하고 싶은 일을 추가했다. 그리고 반쯤 사라진 아이스 아메리카노의 얼음이 아주 조금 녹았을 때 확신했다. 내가 음표를 쓰지 못하고 있는 것은 아직 중문색달 해수욕장을 보지 않아서 그렇거나, 더 예쁜 바다를 보지 못해서이거나, 그것도 아니라면… 감귤 크런치를 아직 맛보지 못해서라고…

휴대폰으로 애월읍을 검색하자 마침 선물 가게들이 늘어서 있는 듯했다. 돌고래를 보았다는 글은 겨울에도 많았기 때문에 다음 해야 할 일을 애월읍에 가는 것으로 정했다. 오선지 공책을 덮고 조금 더 바다에 집중하며 여유롭게 토스트를 먹었다. 배경 사진을 여러 번 찍어 보며 역시 혼자 와 보길 잘했다는 생각이 들었다.

2 Octave

5년 전 나는 시력을 완전히 잃어버린 그에게 지쳐 순간의 감정으로 이별을 고했고 그는 나를 붙잡기 위해 집을 나섰다가 비보를 당했다. 가족과도 단절한 나에게 그는 내가 펜을 놓지 않게 해 주었던 정신적 지주, 삶의 기둥과도 같은 존재였지만 나 스스로 그 기둥을 허물어 버렸다.

그가 떠난 후로 잠시 작사가라는 타이틀을 내려놓고 일반 직장을 다녔다. 취미라는 핑계로 가끔 가사를 쓰기도 하며 복잡한 마음을 추슬렀다.

하지만 5년이라는 시간은 작사가로 살아왔던 내게 하루하루가 너무나도 길고 지루했다. 꾸역꾸역 하루를 살며 5년간 몸담았던 회사를 퇴사하고 받은 퇴직금은 적어도 몇 달은 하고 싶은 걸 하고 다녀도 될 정도로 충분했다.

하지만 사회의 정직함이라는 흔적이 너무 많이 묻어 있었던 탓에 행복함보다는 무기력함이라는 감정이 앞섰다. 한없이 집에 박혀 있는 서너 달 동안에는 가장 좋아했던 펜 잡는 시간마저 없애 버렸다.

이대로는 안 될 것 같다는 생각에 500만 원짜리 중고 SUV로 전국을 혼자 돌아다녔다. 그를 잊고 싶어서 시작한 여행은 불과 반 년 만에 흥미를 잃었다. 어딜 가도 있는 한 쌍의 연인들, 화목한 가족들, 그들을 보며 공허해진 내 마음은 오히려 그의 부재를 더더욱 크게 만들었다.

그가 시력을 완전히 잃기 전, 한쪽 눈으로 겨우 느낄 수 있었던 겨울의 중문색달 해수욕장은 나에겐 그 어느 곳보다도 슬픈 추억이 되어 있었다. 지금까지 죄책감과 그 슬픈 추억 때문에 몇 년이 지나도 찾아갈 용기가 나질 않았다. 아직도 그곳에 가면 그가 아름다웠던 마지막 풍경을 보고 있을 것만 같았다.

어쨌든 나는 돈을 벌면서도, 여행을 다니면서도 성취감이란 걸 느끼지 못하고 결국 삶의 의욕을 잃어버렸다.

"대체 지금까지 뭘 위해서…"

어디를 가도 무엇을 해도 그때로 돌아갈 수 없다. 그는 돌아오지 못한다. 가사를 쓰는 법은 진작에 잊어버린 나는 억지로 영감을 찾으려 하지도 않았고 어떠한 인연도 만들지 않았다. 내 세상에 행복은 사라졌고 나의 희망 끝에는 결국 그 사람만을 찾고 있었다.

나는 마지막 여행지로 그를 처음 만났던 그곳을 택했다. 어쩌면 돌아오지 못할 여행이 될 수도 있을 거라는 생각에 이 벅차고 아름다운 여행을 시작하기 전 나의 소중한 물건들을 모조리 헐값에 처리해 버렸다. 이제는 나를 꾸밀 짐 따위는 필요 없었다.

그곳에 도착하게 되면 어떤 감정이 들지 알 수 없었지만 내가 선택한 마지막 여행지를 끝으로 다시 그에게 닿을 수 있다면 아무래도 좋았다. 나와 함께 전국을 돌아다녔던 SUV를 처분한 다음 날, 더는 미루지 않고 제주행 비행기에 올랐다.

이른 아침부터 분주한 승객들을 헤치고 창가 쪽 자리에 앉았다. 항상 운전석에 앉아 있던 피로감은 비행기의 좁은 좌석마저 편안하게 느끼게 해 주었다. 공항 안에 승객들이 적어 고요할 줄 알았던 비행기는 좌석을 꽉꽉 채우고 있었다. 눈을 감아 보니 다양한 연령대의 목소리들이 더 선명하게 들려왔다. 자리를 잘못 앉은 아주머니, 아이를 조용히 시키는 엄마, 알아듣지 못할 언어로 대화하는 외국인들까지… 마지막 여행조차도 나는 가장 불행한 사람이 된 것만 같아 가만히 창문에 머리를 기대 보았다.

갑작스럽게 내리는 소나기는 나를 위로라도 하듯 창문을 흠뻑 적시고 있었다. 천천히 움직이는 비행기에 몸을 맡기고 이내 비행기가 떠올랐다. 비구름에 가까워지면서도 나는 그와 가까워지고 있다는 생각이 들었다. 눈을 감으면 혹시나 꿈에라도 나타나 주지 않을까…

아주 잠시 눈을 감았다 뜬 듯한 기분이었다.

난기류로 흔들리는 줄 알았던 비행기는 어느새 구름을 뚫고 착륙을 준비하고 있었다. 아쉬운 마음과 함께 시야에 제주도가 들어오자 땅이 가까워지는 것을 하염없이 바라보았다. 곧 귀가 멍해지는 착륙 소리와 함께 비행기가 멈추자 빠르게 내리려 일어선 승객들로 어수선해졌다. 이 화목한 분위기를 빨리 벗어나고

자 했지만 이내 체념하듯 승객들이 내릴 때까지 창밖만 멍하니 바라보았다.

어수선했던 비행기를 나서고 게이트와 가장 가까운 화장실에 들러 찬물로 세수했다. 나는 최대한 날것의 느낌으로 그곳을 다시 마주하고 싶었다.

그를 보내고 다시 찾은 제주도의 3월 말 평일은 아직 찬 바람이 부는 듯했지만, 서울보다 따뜻했다. 그때와 다르게 줄지은 택시들은 전기차가 많았다. 나는 뒷좌석에 안고 타도 될 만큼 작은 짐을 가지고 검은 EV 택시에 몸을 실었고 중문으로 가기 전 이호테우 해변에서 하차했다. 사람이 없는 모래사장에서 바람을 맞으며 그와 함께했던 첫 일정을 떠올렸다. 아직 나의 마음속은 그가 감각보다 시각에 의지하며 바다를 느끼던 모습을 그려낼 수 있었다.

서쪽 방향을 따라 걷다 보니 시야에 바다의 풍경을 느끼기 좋아 보이는 2층짜리 브런치 카페들이 들어왔다. 그중 한 카페만이 햇빛이 유독 많이 비치는 테라스에 유일하게 손님이 있었다.

조금 자세히 살펴보니 익숙한 얼굴의 한 청년이 홀로 앉아 심오한 표정으로 무언가를 끼적이고 있었다.

 3월의 패션이라 하기에는 조금 추워 보이는 감색 셔츠와 밑단을 깔끔하게 접어 올린 흰 바지, 잘 보이지 않지만 더럽혀지지 않은 것 같아 보이는 컨버스화의 색깔은 그가 입고 있는 셔츠와 깔맞춤 한 듯 보였다. 반 틈만 올려 보인 정돈되지 못한 시스루 헤어스타일은 혼자 만진 건지 바람에 흩날린 건지 조금은 어울리지 않는 듯 보였다.

 "어디서 봤더라…"

 낯익지만 낯섦이 더 강하게 느껴오는 사람에게 말을 걸어 볼 생각은 없었다. 집중하는 그를 방해할 생각은 더더욱 없었기 때문에 재차 사람이 없다고 생각되는 쪽으로 걸음을 옮겼다.

 곡선으로 길지 않게 뻗은 도로는 얼마 걷지 않아도 브런치 카페가 시야에서 사라지게 하였다. 몇 분을 걷지 않아도 가까운 곳에서 체인점 카페를 발견할 수 있었고 그곳에서 아이스 녹차 한 잔과 마들렌을 주문했다.

 야외 좌석에 앉아 손바닥 크기를 겨우 따라가는 마들렌으로 첫 끼니를 때웠다. 물리는 목을 아이스 녹차로 축이고 한숨을 깊게 쉬어 보니 제주도의 공기가 조금 실감 났다. 하얀 니트에 흘린 빵

가루를 대충 털어내고 인스타그램을 켰다.

팔로잉 31명 팔로워 14명, 거의 관상용으로 깔아 둔 나의 인스타그램 알고리즘은 고양이 같은 동물이나 유명하지 않은 발라드 가수들의 광고들이 주로 차지하고 있었다. 가장 먼저 무명 가수의 신곡 발매 광고를 들을 수 있었다. 하지만 이미 플레이리스트에 담아 수십 번은 들었을 노래의 멜로디에 나는 "이거 나온 지 꽤 된 노래잖아" 하고 중얼거렸다.

하지만 언제나 이 노래가 나올 때면 일찍 창을 넘기지 않았다. 그만큼 코러스의 탑 라이닝이 완벽하게 느껴졌다. 00년대 감성을 물씬 풍기는 이 미디엄 템포의 발라드를 들을 때면 줄곧 이 작곡가와 한 번쯤은 작업해 보고 싶다고 생각해 왔다.

그러나 펜을 놓은 지금으로썬 실행으로 옮기지 못하는 나의 잡생각일 뿐이었다.

중문까지는 한라산 근처로 가로질러 가는 방법도 있었지만 이틀 동안 특별한 계획이 없었던 나는 제주도의 해안도로를 둘러 가는 방법을 선택했다. 목적지 없이 해안도로를 달리는 택시를 타고 그저 예뻐 보이는 바다의 풍경에 이끌려 애월읍의 해안도로에 하차했다.

  바다 가운데에 수 놓인 거대한 풍력발전기들에 시선을 뺏겨 하염없이 날개가 돌아가는 모습을 바라보았다. 그 사람도 이제는 시력을 되찾아 하늘 위에서 이 거대한 물체를 바라볼 수 있지 않을까 하는 생각이 들었다.

  어딜 가나 지울 수 없는 그 사람 생각은 문득 이런 속마음들까지 잊지 않게 기록해 두고 싶다는 생각까지 번졌다.

  바다를 잠시 뒤로하고 펜과 수첩을 사기 위해 도로변에 있는 선물 가게에 들어갔다. 그리고 순간 눈이 동그래졌다. 불과 몇십 분 전에 봤던 그를 알아보기까지 오랜 시간이 걸리지 않았다. 아까와 다르게 그는 양 소매를 깔끔하게 두세 번 접어 올렸고 같은 사람인지 정확히 알고 싶어 그를 유심히 바라보다가 결국 눈이 살짝 마주쳤다. 재빠르게 눈을 피하자 그는 작은 감귤 크런치 한 상자를 들고 내 옆을 스쳐 지나갔다. 시선이 조금 느껴졌지만 그는 이내 계산을 하고 밖으로 나가 버렸다. 그럼에도 어디서 몇 번이고 본 적 있는 듯한 그의 뒷모습을 훔쳐보았다. 그가 차를 타고 사라지는 모습까지 보고 나서야 나는 작은 수첩과 펜을 손에 들고 가게를 나올 수 있었다.

5년 사이 소개팅이라든가 작사가들의 취미 모임에 나가며 억지로라도 인연을 만들려 시도해 보았지만, 세상에는 무엇으로도 지울 수 없는 아픈 기억이 존재했고 그 상처는 다른 사람에게 부정적인 영향을 줄 수도 있다는 걸 알고 있었다. 나는 낯선 사람과의 접촉이 두렵고도 조심스러운 삶에 익숙해져 있었다.
　설마 그를 또 마주칠까 싶은 두려움에 나는 곧장 중문으로 향했고 중문색달 해수욕장은 들르지 않은 채 호텔로 체크인했다.
　아직 날이 많이 밝았고 신선한 공기가 맴돌았다. 제주도 날씨를 알아보자 내일은 기온이 조금 내려가면서도 해가 없는 회색 구름 그림이 오전 7시부터 오후 9시까지 표시되어 있었다. 그곳에 지금 갔다 오더라도 충분한 여유가 있었지만, 오늘의 맑은 날씨보다는 내일의 우울한 날씨에 더 마주하고 싶었다. 남은 시간을 어떻게 보낼까 고민하던 나는 숙소 1층의 편의점에서 맥주 한 캔과 즉석 김밥을 사서 올라왔다.
　허기진 배와 정신 상태를 달래며 기념품점에서 구매한 수첩과 펜을 꺼내 들었다. 지금부터 그에게 가져갈 편지를 써 보기로 했다.
　'안녕' 첫 단어를 내딛자마자 나는 입술을 꽉 깨물었다. 볼펜은 거의 부서질 듯이 깊은 점을 찍다 못해 바들바들 떨리고 있었다.

"하아… 내가 너를 보러 왔다고 하면 정말 네가 좋아할까? 하지만 그곳에서는 뜬 눈으로 나를 볼 수 있을지도 모르는데…"

내면의 자아 둘이 싸움을 하는 것만 같은 혼란이 왔다. 몇 시간을 한자리에 앉아 맥주를 들이켜며 글씨 쓰기와 종이 찢기를 반복하던 나는 결국 한 글자도 남겨 놓지 못한 채 침대에 지친 몸을 뉘었다.

휴대폰을 몇 분 만지작거리다 침대에서 몸을 일으켜 욕실로 향했다. 머리를 적시지 않은 반신욕을 하니 아주 약간 남아 있던 알코올의 기운과 노곤함 덕분에 쉽게 잠이 들 수 있었다.

다음 날 아침, 언제나처럼 꿈도 꾸지 않고 10시간이나 자 버렸다. 생각보다 어두운 색깔로 서귀포의 하늘을 덮고 있는 회색 구름은 오늘 해야 할 단 한 가지 일을 실행시키기에도 어울렸다. 1박 2일 일정이었기 때문에 서둘러 짐을 챙겨 방을 나왔다.

호텔의 지하 1층에 깔끔하게 비치되어 있는 조식 컵라면으로 배를 채우고 택시를 부르기 위해 앱을 켰다. 도착지에 그 여덟 글자를 입력하는 것만으로 가슴은 충분히 울컥했다.

조금 뻐근한 몸으로 호텔을 나와 기지개를 켰다. 왠지 이 작은 가방이 어제보다 더 무겁게만 느껴졌다. 얼마 지나지 않아 도착한 택시를 타고 5km 정도 떨어진 중문색달 해수욕장으로 향했다. 앱에 표시된 도착지까지의 거리는 점점 줄어들었지만, 서울에서 제주도까지 오는 그 시간보다 더디고 긴 것만 같았다.

남은 거리가 km에서 m로 바뀌어 표기될 때에는 내 심장이 점점 더 밑으로 가라앉는 기분이었다. 이내 더는 차가 들어갈 수 없는 해수욕장의 입구에 도착했다. 5년 전의 겨울과 퍽 달라진 초봄의 냄새는 생각했던 것만큼 울컥한 마음이 들게 하지는 못했다.

아니 어쩌면 생각보다 덤덤하기까지 했다.

주차장을 지나 가파른 내리막길을 천천히 걸어갔다. 모래사장이 나오기 전 매점 입구를 지나 설 때 즈음 조금씩 감정이 북받쳐 오르기 시작했다. 곧이어 내 시야에는 조금 젖은 모래의 갈색빛, 더럽혀지지 않은 바다의 푸른빛, 그 바다와 맞닿은 하늘의 회색빛, 이 세 가지 빛깔만이 이곳을 찾은 내 마음을 헤아려 주듯 완벽한 조화를 이루고 있었다.

변하지 않은 이 해변의 모습에 나는 그 사람의 잃어버린 흔적을 찾아 헤매듯 천천히 걷기 시작했다. 어느 해변과는 다르게 중문색달 해수욕장의 모래는 벅찬 내 마음처럼 발목을 더 쉽게 붙잡았다. 힘겹게 한 발 한 발을 내디디며 신발 속으로 스며드는 모래들을 이끌고 목재로 된 올레길 산책로로 걸음을 옮겼다.

얼마 걷지 않아 덩그러니 놓여 있는 벤치를 발견했다. 얼마나 오래 방치되어 있었는지 빛바랜 살구색을 하고 있는 벤치의 팔걸이는 조금 거리를 두고 싶을 정도로 녹슬어 있었다. 하지만 나의 발걸음마다 기운을 앗아 간 해변의 모래들 탓에 다리에 힘이 풀려 녹슨 벤치에 몸을 앉혔다.

야자수와 산책로 울타리가 방해하는 시야 사이로 몇십 분 동안 바다를 바라보았다. 시간이 지날수록 바다를 보는 시각의 감각보다는 파도에서 들리는 청각의 감각에 더 집중되었다. 조금씩 불어오는 찬 바람을 견디려 바지 주머니에 손을 넣자 어젯밤 한 글자도 남겨 놓지 못한 수첩이 만져졌다.

어제 내가 예상했던 오늘의 나의 모습은 많이 달랐다. 이곳에서 서러운 눈물을 하염없이 흘리며 하지 못한 이야기들을 끝없이 적어 내려갈 것만 같았다. 하지만 깊은 추억을 회상해 보기도 하고 그 사람의 얼굴을 떠올려 보아도 슬픔의 눈물은 나오지 않았다. 생각했던 감정에 집중하기에는 무언가 부족했다. 찬 바람은 나의 시선을 조금씩 하늘 위로 옮겨 주고 있었다. 곧 나는 시원한 바람과 선선한 공기, 조금 세찬 바닷소리에 취해 선잠이 들어 버렸다.

정말 오랜만에 꿈을 꾸었다.

얼굴은 알아볼 수 없었지만 익숙한 뒷모습, 넓진 않지만 기대고 싶은 등과 정돈되지 않은 옆머리, 나는 그를 잡아 보려 했지만 내 몸은 현실보다 느리게 움직였다. 왜 올해 들어서는 한 번도 내 꿈에 나타나지 않았냐고, 너무 보고 싶었다고 소리쳤다. 그 사람이 말없이 뒤를 돌아보려 했을 때엔 눈을 뜰 수 없을 정도로 눈부신 빛이 나의 시야를 감쌌다. 나는 인상을 찌푸렸지만 그 빛은 이내 익숙한 뒷모습과 함께 어둠 속으로 사라졌다.

2. Intro

G-Clef

 구름이 걷히고 햇빛이 나를 쬐기 시작할 때 방금 걷힌 것이라고 하기엔 짙고 낯선 그림자가 나를 감쌌다.

 "저… 펜 떨어트리신 거 아니에요?"

 펜을 주워 주는 감색 셔츠의 소매에 낮은 목소리는 그 사람과 닮아 있다고 착각이 들 정도로 익숙했다. 나는 꿈과 현실의 경계에서 정신을 차리려 애쓰고 있었다. 반쯤 감긴 눈으로 조심스럽게 펜을 받아 들며 고개를 들자 작은 미소를 띠고 있는 낯익은 남자의 얼굴이 보였다. 그리고 곧 그는 조금 예상했던 질문을 던졌다.

"혹시 어제 애월에 계시지 않았어요? 선물 가게에…"

그도 나를 기억하고 있었다. 하지만 그에게 부정적인 기운을 나누고 싶지 않아 깊은 대화를 나눌 필요는 없다고 생각하며 천천히 고개만 까딱거렸다. 가까이에서 마주한 그는 말끔한 외모와는 다르게 꽤 내성적인 말투를 가지고 있었고 아직 20대 중반 정도로 보였다.

"아아… 그… 이런 날에 혼자 제주도를 다니시다니… 그냥 뭐랄까… 동질감이 느껴져서…"

그는 말끝을 흐리며 눈치를 보듯 나의 반응을 살폈다. 그의 눈빛과 표정은 '실례되는 말이었다면 죄송합니다'라고 쓰여 있는 듯했다.

속으로는 내가 제주도 사람이라면 어쩌려고 이런 질문을 하는지, 그럼에도 우연히 세 번씩이나 마주쳐 버린 이 남자도 왜 혼자 제주도를 왔는지, 그리고 이 넓은 섬에서 왜 하필 중문색달 해수욕장으로 왔는지 궁금해졌다. 그 궁금증에 나는 직설적인 질문을 했지만 의도와는 많이 다르게 전달된 듯했다.

"여기서 뭐 하시는데요?"

그 퉁명스러운 말투는 그를 충분히 오해시킬 만했다.

"아아… 저는… 아닙니다, 실례했습니다."

그는 무안해하며 고개를 숙여 사과했다. 그 모습은 필요 이상으로 정중해 보이기까지 했다. 그리고 천천히 나와 멀어져 뒤도 돌아보지 않고 산책로를 걸어갔다.

나는 이 오해에 대한 사과 한마디 없이 이 남자가 어디로 가든 말든 신경 쓰지 않고 휴대폰을 켰다. 인스타그램에 들어가자 아직 넘기지 않은 이별선물의 뮤비가 흘러나왔다. 가수의 얼굴이 화면 속에 스쳐 지나가자 나는 눈을 크게 뜨고 빠르게 뒤를 돌아보았다. 아직 부르면 소리가 닿을 거리에 있는 그의 뒷모습과 휴대폰 속 화면을 몇 번이고 반복해서 확인했다.

그제야 나는 그의 얼굴이 익숙했던 이유를 알아차렸다. 고민하는 사이 그는 더 멀어졌고 나는 어차피 마지막이라는 생각에 이끌리듯 그의 뒤를 쫓았다.

달리기에는 다소 불편한 청치마가 걸리적거렸지만 얼마 가지 않아 그에게 거의 가까워질 때 즈음 그를 불러 세웠다.

"저기 잠시만요!"

"네…?"

그는 놀라며 뒤를 돌아보았다.

그를 불러 세우기는 했지만 너무나도 긴 시간 동안 사람과 대화를 하지 못했기 때문에 어떤 말로 첫 운을 띄워야 할지 고민이 되었다.

"죄송해요, 그러니까 어… 제 말은… 왜 이런 날에 하필 여기에 오셨느냐는 말이었어요."

오랜만에 나눠 본 이성과의 대화는 자꾸만 혀를 꼬이게 하였다. 이내 몇 년간 멈춰 있던 심장이 뛰고 있는 듯한 어색한 감정이 느껴졌다.

그 감정은 이성에 대한 설렘보다는 낯선 사람과의 대화에서 나오는 긴장이었다.

"아… 제가 오해했네요!"

그는 순진한 얼굴로 입을 벌려 보이며 내 쪽으로 몸을 돌렸다. 그를 화면 너머로 여러 번 보아 익숙해져 있던 탓인지 나는 그와 겨우겨우 대화라도 이어 나갈 수 있었다. 한 가지 목적만을 위해 하루의 재미를 추구하는 사람들처럼, 그와 번호라도 주고받는 게 아니라면 잠시 대화하는 것도 괜찮을 거라 생각했다.

그를 자세히 훑어보자 손에는 오선지 노트가 쥐어져 있었다. 나는 일부러 그를 아는 척하지 않고 말을 이어 갔다.

"음악 하시나 보네요?"

"아아 이건 그냥…"

그는 부끄러웠는지 오선지 노트를 손으로 더 꽉 움켜쥐었다. 그 어색한 움직임 덕분에 아주 조금 경계를 풀 수 있었다.

"휴… 아까 여기서 뭐 하냐고 여쭤보셨죠?"

땅이 꺼질 듯한 한숨 소리 안에는 확실히 그만의 사연이 담겨 있는 듯했다.

"…이곳은 제 마지막 추억이 담긴 공간이에요. 잊을 수 없는…"

"…잊을 수 없는?"

생각지도 못한 답변이었다. 남들이 들으면 궁금하지도 않은 이야기를 왜 혼자 시작할까 싶을 정도로 갑작스러웠지만, 오히려 그 대답은 나의 속마음을 그대로 읽기라도 한 듯 더 궁금증을 자아냈다.

혹시 그도 나와 같은 아픔을 가지고 이곳을 찾아온 걸까?

"대체 어떤 추억이길래 여기까지…"

"하하 별거 아니에요! 그냥 이별의 슬픔을 달래고 싶을 뿐이었어요, 지금은 괜찮지만요."

그리고 곧 나는 그가 말한 동질감을 느끼기 시작했다.

"…이별의 슬픔이라…"

 "음… 그게 벌써 재작년의 일인데, 이 여행지를 마지막으로 복귀한 바로 다음 날… 갑자기 사라졌어요. 아직도 어디에 있는지 몰라요."

 해맑게 웃으며 이야기하는 그의 이야기를 듣고 나는 더 불행한 사람이 누구일까 생각해 보았다. 둘 다 연락은 닿을 수 없지만, 이 세상에서 볼 수 없다는 게 기정사실이 되어 버린 사람과 그렇지 않기에 언젠간 돌아올 거라는 희망을 품고 살아가는 사람… 하지만 이내 그런 감정을 저울질하는 것은 쓸데없는 생각이란 걸 깨달았다. 그는 내가 앉아 있었던 곳으로 걸어가 몸을 앉혀 오선지 공책을 펼쳐 보였다.

 "저는 작곡을 공부하고 있어요. 영감을 받으러 온 건데 생각보다 머릿속이 어둡네요."

 나는 천천히 그의 뒤를 따라가 그와 조금 떨어져 앉았다. 그의 공책을 훔쳐보니 세 줄밖에 쓰지 않았지만 말끔하게 정리된 음표들이 보였다.

 "이별선물도 이렇게 영감을 받은 건가요?"

 그는 내가 그를 알아차리고 돌아봤을 때처럼 놀라며 나에게로 시선을 돌렸다.

"제 노래를 알고 계시네요?"

나는 휴대폰을 꺼내 넘기지 않은 인스타그램 릴스를 보여 주었다.

"거의 매일 듣고 있었는데 바로 알아보지 못했네요, 미안해요."

한때 꼭 작업해 보고 싶다고 생각했던 아티스트 '한겨울', 이름과 대조될 정도로 따뜻한 분위기를 풍기는 그를 제주도 한복판에서 우연히 만났다, 세 번씩이나… 그 엇갈림을 깨고 바닷소리만 적적하게 들리는 이곳에서 그와 대화를 하고 있는 게 실감이 나지 않았다. 그는 자신을 알아본 것이 낯설지만은 않은지 이 노래에 관한 이야기를 해 주었다.

"그 사람과 연락이 두절되고 썼던 저의 데뷔곡이에요. 언젠간 이 노래가 닿는다면 다시 날 찾아 주길 바라며… 날씨가 오늘보다도 좋지 않았던 것 같아요."

"…역시 좋은 노래는 서사를 갖고 있구나…"

속으로 감탄을 하는 나의 감정은 제주도에 온 본질적인 목적을 조금 흐려지게 만들었다. 어느새 그에게 내 소개를 하고 있었다.

"저는 이새봄이에요. 음… 부끄럽지만, 저도 취미로 작사하면서 여러 가수의 노래를 듣곤 했어요. 이별선물은 탑 라이닝이 너무 좋아서 언젠가 작곡가와 꼭 작업해 보고 싶다고 생각했어요, 절대 빈말은 아니에요!"

작사가라 하기에는 성과가 없었기 때문에 나를 '취미로 작사하는 사람'으로 소개했다.

"정말요? 그럼 지금도 작사를 하고 계신 거예요? 아! 그래서 펜을 들고 계셨구나."

그의 목소리는 확실히 또렷해졌다. 그리고 곧 그는 나에게 같은 질문을 던졌다.

"그럼 새봄 씨도 이곳에 어떤 추억이 있어서 영감을 받으러 온 건가요?"

나는 그 말에 잠시 잊고 있었던 제주도에 온 본질적인 목적을 되뇌었다.

"아아… 뭐 그런 셈이죠!"

어색하게 건넨 대답이었지만 그는 눈치채지 못하고 흥분을 가라앉히지 못했다.

"우와… 두 번이나 우연히 마주친 게 작곡가와 작사가라니, 좋은 이야깃거리가 될 거 같은 기분이 들어요."

만남이라 하기엔 부족했던 첫 번째, 그는 작업물에 열중하고 있었을 것이리라 생각하며 나를 인식하지 못한 듯했지만, 굳이 그 만난 횟수를 3번째라고 고쳐 이야기하지는 않았다.

좋은 이야깃거리라는 말에 마음속 깊은 곳에서는 더 이상 가까워지면 안 될 것 같다며 신호를 보냈지만 나는 그에게서 5년 동안 찾지 못했던 '안정감'이라는 것이 느껴졌다. 더군다나 동경하던 아티스트와 이대로 이야기를 끝내기에는 궁금한 게 많았다.

대체 어떤 작업을 하고 있었길래 그는 나를 두 번째 만남이라고 단정 지었을까?

"지금 쓰는 노래도, 이별선물이랑 비슷한 감성이에요?"

나는 양손을 허벅지 사이에 끼우고 눈빛으로 공책을 가리키며 말했다. 그저 예의상 물어보는 질문이라 생각될 수도 있지만 나는 그 속의 작업물이 몹시 궁금했다.

"음… 완전 다른 느낌이에요. 아직 세 줄밖에 못 썼지만요."

"그래요? 보여 줄 수 있어요? 겨울 씨 말처럼 이 비수기에 홀로 이곳을 찾은 저라면 비슷한 감성을 갖고 있을 것 같은데…"

그가 말한 동질감이라는 것을 애써 긴 문장으로 풀어내며 그의 공책을 손가락으로 두 번 두드리자 그는 특별한 고민 없이 수줍

게 웃어 보이며 나에게 공책을 건넸다.

그의 공책은 마치 어제 급하게 사 온 듯 빳빳하고 작은 얼룩조차 없었다. 깔끔한 그의 매무새처럼 새것의 냄새를 물씬 풍기는 공책의 첫 장을 넘겨 보자 멀리서 보았을 때보다 훨씬 더 깔끔한 8분음표들이 정돈되어 있었다.

가장 원초적인 5개의 코드 진행과 6/8박자는 대중가요에서 흔히 볼 수 없는 신박함을 표현하고 있는 게 느껴졌다. 나는 천천히 그 음정들을 읽어 가기 시작했고 머릿속으로 피아노 선율이 들려오는 듯했다. 그의 대표곡 이별선물과는 많이 다른 서정적이고 몽환적인 분위기가 느껴졌다.

"요즘 가요에서 보기 드문 6/8박자 노래라니… 어쩐지 아련한 느낌일 것 같네요."

"인트로만 보고 아련한 느낌을 보셨다면 잘 읽으셨네요."

세 줄밖에 쓰지 않았어도 파악할 수 있는 분위기의 이 노래에는 확실히 영감이 필요해 보였다.

낮이 길어지고 있는 이 초봄에, 높은 빌딩들과 좁은 골목들 사이사이 빼곡하게 놓인 집들, 그것들이 밝은 햇빛을 가로막고 있는 서울의 원룸에서는 확실히 이 노래의 가사를 쓰기 어려울 것만 같았다.

"이 노래의 음정들은 왠지 위로가 필요할 것 같아요. 가사와 제목은요?"

"제목은 Missing You, 가사는 아직 쓰지 못했어요."

너무도 노골적이고 흔한 제목이었지만 누군가 보고 싶다는 마음으로 찾아온 이곳에서 들은 제목은 생각보다 나쁘게 들리지 않았다. 그는 휴대폰에서 피아노 앱을 커더니 코드를 치며 세 번째 줄의 벌스를 허밍했다.

가사도 없는 노골적인 제목의 그 노래에 귀를 기울였다. 찬 바람도 그 노래에 몸을 기울이려는 듯 내 손을 한 번 더 차갑게 만들었고, 나도 모르게 나의 눈시울은 하늘을 올려다보며 붉어지고 있었다.

"이 노래, 너무 슬픈 가사는 아니었으면 좋겠어요."

어쩌면 혼자 이곳에 온 나를 이해할 수 있는 몇 안 되는 사람이 아닐까 하고 생각하며 조금 떨리는 목소리로 이야기했다.

"이렇게 반응이 좋을 줄 몰랐네요 하하…"

그는 붉어진 나의 눈시울을 보고 농담을 건넸다.

"인트로가 예쁘네요. 잘될 것 같아요, 이 노래도…"

진심이었다. 옥타브로 시작해 점점 가까워지다 만나게 되는 두 음은 마치 그 사람에게 닿고 싶은 나의 모습을 보는 것 같았다.

"겨울 씨는 되게 순수해 보여요, 그게 노래에도 묻어나는 것 같고요."

나의 입은 웃고 있었지만 이미 차오르는 눈물을 무겁게 붙잡고 있었다.

"…감사해요."

그는 나의 얼굴을 몇 초 바라보더니 셔츠의 앞주머니에서 가장자리가 구겨진 냅킨을 건네주었다.

"괜찮으시면 이거라도…"

그의 모습에 문득 여러 장면이 스쳐 지나가며 한참 동안 냅킨을 받아 들지 못했다. 내가 떠나보내 버린 그 사람은 눈물이 많은 나를 위해 항상 냅킨이나 손수건을 가지고 다녔다. 슬픈 영화를 보거나 일이 잘 풀리지 않거나 심지어 싸우는 순간까지도 내 눈물을 닦아 줄 만한 무언가를 들고 다녔다.

냅킨을 건네주는 손동작마저 닮은 그의 모습에 그 사람이 겹쳐 보여 나는 구겨진 냅킨을 건네받자마자 참지 못한 눈물이 왈칵 쏟아졌다. 그의 옆에서 소리 내어 울어 버렸다. 그가 옆에 있다는 생각보다 그 사람이 보고 싶은 마음이 더 컸기 때문에 그가 나를 어떻게 보는지까지는 생각할 수 없었다. 그는 아무 말도 어떤 행동도 하지 않고 그저 나를 묵묵히 기다려 줄 뿐이었다.

그가 준 냅킨이 나의 눈물과 콧물로 흠뻑 젖어 쓸 수 없게 될 만큼 울고 나서야 진정이 된 나는 목을 가다듬고 그에게 이야기했다.

"갑자기 울어서 미안해요… 그냥… 정말로 요즘 힘들어서 뭘 써도 뭘 봐도 기분이 나아지지 않아서 이곳으로 도망쳐 왔는데… 오늘 우연히 만나서 위로받아 버렸네요. 좋은 노래 들려줘서 고마워요."

그 사람의 이야기를 하지 않고 에둘러 나의 힘든 마음을 토로했다. 모든 것이 오랜만이었다. 약간의 설렘도, 이 공기도 분위기도, 그리고 나의 아픔을 누군가에게 털어놓는 것도. 이 감정들은 점점 더 낯설지 않게 느껴지고 있었다.

"괜찮아요. 그럴 수 있죠… 가끔 슬픈 영화를 보고 울어 버리면 조금 개운한 느낌이 드는 것처럼… 우리 같은 사람들한테는 가끔 이렇게 눈물로 게워 내는 것도 건강하다고 생각해요, 특히나 이렇게 탁 트인 바닷가에서…"

그 말의 의미를 나는 누구보다 잘 알 수 있었다. 그런 시간을 많이도 가져 왔고 하다못해 그 시간은 더는 효과가 들지 않는 진통제처럼 내성이 생겨 있었다. 하지만 그의 말처럼 이렇게 탁 트인 바닷가에서는 꽤 효과적이었다. 나에게 잔잔한 위로를 건네준 이 남자에게 어떤 말로 보답할 수 있을까 하고 생각하다 그를 위해서 선의의 거짓말을 했다.

"덕분에, 다시 펜 잡을 수 있을 것 같아요. 고마워요."

이 말에 그가 자부심과 뿌듯함을 얻길 바랄 뿐이었다. 하지만 돌아온 말은 삶의 끝을 갈망하며 인연을 만들지 않겠다고 다짐한 나를 흔드는 질문이었다.

"…그 다시 잡을 펜으로 이 노래의 가사를 써 줄 수 있나요?"

3. Diminished

C#dim

    중문색달 해수욕장에 도착한 나는 걷기 힘든 모래사장을 뒤로하고 이끌리듯 산책로에 올랐다. 두 명이 겨우 나란히 걸어갈 수 있는 좁은 산책로 왼쪽으로는 끝없이 펼쳐진 바닷가가 이어져 있었고 그 사이로는 넘어갈 수 없도록 울타리가 쳐져 있었다. 오른쪽으로는 반대편과 너무나도 대조되는 무성한 초록빛의 나무들과 질서 없이 자란 이름 모를 풀들, 잡초들이 시야를 막고 저마다의 자리에 서 있었다. 당연히 이런 날에는 아무도 없을 거라고 생각했지만 조금 걷다 보니 벤치에 힘이 빠진 듯 잠들어 있는 그녀를 발견했다.

나는 단번에 그녀가 어제 애월읍의 기념품점에서 본 사람이라는 것을 알아차렸고 조금 먼발치에 멈춰 섰다. 구름이 조금씩 걷히자 햇빛에 닿은 그녀의 깔끔한 단발머리는 환한 갈색빛을 띠고 있었다. 3월의 제주도 날씨와 잘 어울리는 새하얀 니트는 그녀의 화장기 하나 없는 낯빛과는 대조적이었다. 따스해지고 있는 분홍빛 봄 날씨는 진작 많은 여성들의 패션을 짧은 치마와 짧은 바지로 바꿔 버렸지만, 그녀는 고집이라도 한 듯 정강이까지 내려오는 긴 청치마를 입고 있었다. 그 꾸미지 않은 패션과 어울리는 빈티지한 회색 신발은 얼마나 이곳을 거닐었는지 젖은 모래가 신발 끈 윗단까지 묻어 있었다.

그 꾸밈없는 모습 덕분에 더욱 그녀가 신경 쓰인 건 사실이다. 색깔로 비유하자면 그녀는 오늘 올려다본 하늘처럼 회색이나 흑색에 가까웠지만, 색깔보다는 '흑색의 빛'처럼 언젠가 반짝였던 흔적이 남아 흐르는 듯했다.

무엇을 적다 말았는지 그녀의 발밑에는 어렴풋이 피어난 민들레 옆으로 볼펜 한 자루가 떨어져 있었다. 그리고 그 모습은 나와 그녀를 생각보다 가까운 곳 어딘가에 공존시키고 있는 동질감마저 들게 하였다.

짧게는 몇 주, 길게는 몇 달을 세상과 벽을 쌓아 놓았다가 어느 날 갑자기 집에서 최대한 멀리 떨어져 있고 싶다는 생각으로 무작정 떠나온 곳, 그럼에도 나의 일은 놓고 싶지 않다는 고집, 그것들이 나의 모습과 많이 닮아 보였다.

그녀의 사정이 궁금했다. 오랜 고민 끝에 나는 용기를 내 떨어져 있는 펜을 핑계로 잠들어 있는 그녀에게 접근했다. 천천히 잠에서 깬 그녀는 어렵게 정신을 차리고 나를 밀어내려 하는 듯했지만, 다행히도 SNS라는 연결고리가 존재했다. 그녀가 나를 알아봐 준 덕분에 조금은 부담스러웠던 세상의 시선이 처음으로 고맙게 느껴졌다.

우리는 길다면 길고 짧다면 짧은 시간 이야기를 나누었다. 내 예상처럼 그녀도 결국 너무 힘들고 지쳤던 현실에서 도피하고자 이곳을 찾은 것이었다.

한참 미완성된 나의 노래를 듣고 그녀는 무슨 생각이 들었는지 눈시울을 붉혔다. 그런 그녀에게 나는 카페에서 버리지 않고 챙겨 놓았던 냅킨을 건네주었다. 하지만 그녀는 무슨 생각을 하는지 오랫동안 냅킨을 뚫어져라 쳐다볼 뿐이었다. 어렵게 어렵게 그것을 건네받고 어떤 감정을 느꼈을까, 그녀에게서 언젠가의 나의 모습이 겹쳐 보였다.

  한적한 공원에서 누군가 알아주길 바라면서도 소리 없이 흐느끼던 그날… 어쩌면 그녀는 그날의 나보다도 더 서럽게 울고 있었다.

  그녀를 토닥여 줄까, 어깨를 빌려줄까, 그날의 나는 어떤 위로를 받고 싶었을까 고민했다. 하지만 그때의 나는 겪어 보지 못한 사람이 말로 건네는 위로 따위는 필요 없었다. 괜찮아, 잘될 거야, 더 좋은 사람 만나게 될 거야, 그런 말들은 허황한 세계에서 나오는 희망 고문일 뿐이었다. 그저 그 순간은 누군가 날 잠시 안아 주길 바라면서도 아무 생각 없이 기대어 울고 싶을 뿐이었다. 지금은 그녀가 진정될 때까지 묵묵히 기다려 주는 수밖에 없었다.

  한참을 운 그녀에게 위로를 건네자 그녀는 내 덕분에 다시 펜을 잡을 수 있을 것 같다고 이야기했다. 다시는 펜을 잡을 수 없을 만큼의 아픔이었을까… 얼마나 힘들었으면 처음 보는 내 앞에서 이토록 많은 눈물을 흘려 버렸을까… 꿈을 이뤄 가는 사람으로서 어떻게든 그녀의 꿈에 더 불을 지펴 주고 싶었다.

  "그 다시 잡을 펜으로 이 노래의 가사를 써 줄 수 있나요?"

내 말에 그녀는 고개를 들어 아직 마르지 않은 촉촉한 눈으로 나를 가만히 쳐다보았다.

"네…?"

이제 막 정신을 차리려는 그녀는 내 말에 조금 놀라는 듯했다.

"아니면 안아 줄까요?"

분위기를 풀어보려고 장난스럽게 건넨 말에 그녀의 표정은 조금 더 놀란 듯 보였다. 순간 '내가 이런 무례한 말을…' 하고 생각하며 그녀에게 사과하려 할 때 가슴 한가운데가 따뜻해지는 기운을 느꼈다.

"아주 잠시만… 이러고 있을게요…"

그녀는 아직 진정되지 않은 말투로 머리를 나의 가슴에 기대었고 나의 손은 갈 곳을 잃어 불안정한 자세를 취하고 있었다. 고요한 정적에 파도 소리가 더 크게 들리는 것만 같았다.

"…괜찮아요…"

나지막이 속삭이며 오른손으로 그녀의 어깨를 살짝 토닥여 주었다. 몇 분을 불편한 자세로 있자 그녀는 더 작은 울음소리도 내지 않았다. 그녀는 천천히 가슴에서 머리를 떼었다. 아직 불편한 자세로 있던 나를 발견하고는 "큭" 하는 콧바람 소리와 함께 작은 웃음을 내보였다.

"겨울 씨 저보다 두 살 어린 거 알아요?"

인터넷에서 나의 정보를 손쉽게 찾아볼 수 있었기 때문에 서로 간에 아는 정보는 그녀가 더 많을 수밖에 없었다. 스물아홉의 그녀는 목이 조금 멘 목소리로 이야기를 이어 갔다.

"센스가 좋네요, 왜 이런 사람을 떠났을까?"

한층 가벼워진 그녀의 말투는 안아 주겠다는 말에 대한 복수의 장난처럼 보였다.

"허허, 확실히 이제 좀 진정되셨나 보네요?"

"네, 덕분에 쓸모없는 생각들은 바다에 던져 버릴 수 있을 것 같아요. 이 펜은 빼고…"

나는 그녀를 위로했고 이제 그 펜이 쓸모 있어진 것 같아 뿌듯한 감정이 느껴졌다. 이 순간의 낯선 감정을 흘러가는 시간에 맡겨 보았다. 그녀가 서럽게 지켜 냈던 어둠들과 나의 낯선 그림자는 곧 옅어지는 바람에 흩어지는 듯했다.

나는 이 감정을 놓치지 않고 오선지에 음표들을 그리기 시작했다. 그녀는 흥미롭다는 듯 나의 공책을 바라보았다. 흔한 코드 진행의 G 코드와 Am 코드 사이에 디미니쉬 코드 하나를 끼워 넣었다. 불안정하면서도 익숙한 코드들 사이에서 묘한 슬픔을 읊조리고 때로는 매력적으로 들리는 화음은 그 글자만으로 지금의 모습을 대변해 주는 듯한 착각을 불러일으키기도 했다.

"이 코드, 메이저나 마이너 코드보다 불안정하지만 그래도 음들이 조금 더 가까이 있잖아요?"

그녀는 알고 있다는 듯 고개를 끄덕이면서도 내가 가리키는 코드를 더 자세히 보기 위해 공책에 얼굴을 들이밀었다.

"음… 방금 전 우리의 모습에서 영감을 받았어요."

우린 오늘 처음 보았지만, 최소 몇 주는 알고 지낸 사람처럼 아픔을 교류하고 이야기했다. 마치 대중음악의 C장조에서는 잘 쓰이지 않는 검은 건반 한 개가 디미니쉬 코드를 만들어 낸 것처럼 우리는 불안정하면서도 다음 코드가 기다려지는 화음을 만들어 내는 것만 같았다.

그녀는 나의 표현을 알아주기라도 하듯 대답했다.

"안정적인 코드 해결을 원하는 거죠 작곡가님?"

나를 작곡가님이라고 부르는 것은 곧 이 노래의 작사를 승낙하겠다는 신호 같아 그녀에게 미소를 지어 보였다.

F#dim

제주도에서 우연히 만난 그는 마치 끝나지 않는 새벽 속의 아주 작은 반딧불처럼 빛나 보였다. 새로운 계획이라는 게 생겼고 만들고 싶은 게 생겼다. 나는 그가 써 내려간 오선지 위의 디미니쉬 코드를 쓰다듬었다. 아직 근처에 있던 그의 손이 스치자 건조하고 마른 손에 "틱" 하고 정전기가 일어났다. 어쩌면 운명적 끌림이라고 느끼면서도 한편으로는 '작업만 하는 거니까…' 하며 가까워지는 것을 합리화해 보았다.

어쨌든 그는 잠시 끝을 이어 줄 생명의 연장선이 되었기 때문에 예정에 없던 동행을 받아들였다. 오랜만에 느껴지는 감정들에 집중했지만, 한편으로는 그 합리화에 대한 걱정이 앞섰다. 아니 그보다는 그 사람의 흔적을 덮게 될까 봐 두려운 게 더 컸을 것이다. 하지만 이 순수한 청년의 눈에는 나를 어떻게 해 보려는 듯한 눈빛 같은 건 전혀 없었다. 그게 내가 이 남자의 가슴에 기대어 잠시 숨을 돌릴 수 있었던 이유였다.

나의 일정은 2박 3일로 연장되었다. 오늘 올라가려던 비행기

표를 취소하고 그와 같은 시간대의 비행기를 다시 예약했다. 그리고 묵묵히 눈물을 기다려 준 그에게 빚지고 싶지 않았기 때문에 저녁을 대접하기로 했다.

오늘 저녁 메뉴는 2년 전이었는지 3년 전이었는지 기억도 나지 않을 만큼 관심이 없었던 소개팅의 메뉴와 같았다. 더는 돈을 아껴 둘 생각이 없었기 때문에 신선한 해산물과 스테이크, 칠레산 와인을 주문했다. 코르크 마개를 따 주는 직원에게 와인을 받아 들고 나는 두 잔에 가득 와인을 따랐다.

"어어… 지금 가격들 보고 주문하신 거 맞죠? 이 정도로 도움이 되었다고 생각하지 않는데… 그리고 저 운전해야 돼요."

대접을 당연하게 생각하지 않고 당황하는 그의 모습에 '역시 사람을 잘못 보지 않았구나' 하는 생각이 들었다. 나는 그의 순수한 모습에 미소를 지으며 이야기했다.

"짠만 해요 그럼!"

그는 어색하게 와인잔을 들고 잔을 부딪쳐 주었다. 와인을 너무 많이 따른 탓에 우리가 든 와인잔은 경쾌한 유리 소리보다는 둔탁한 플라스틱 같은 소리를 내고 있었다.

"그럼 와인은 제가 살게요! 이렇게 얻어먹기에는 너무…"

"정말 됐으니까 제발 편하게 드세요!"

단호한 나의 말에 그는 큰 숨을 한 번 들이켜고는 더 이상 고집을 부리지 않았다. 혼자 마신 와인에 기분 좋은 취기가 올랐을 때 문득 원활한 작업을 위해서 나를 좀 더 편하게 생각하면 좋겠다는 마음이 들었다.

"겨울 씨, 이거 다 내가 사는 거잖아요?"

"네, 그러니까 지금이라도 마음 바꾸셔도 돼요, 진짜."

"아니! 얻어먹는 대신에 조건이 있어!"

"조건이요? 무슨…"

"우리 말 편하게 해요."

"에… 예??"

덤덤하게 웃으며 하는 말에 그는 입까지 벌리며 당황했다.

"싫어요? 싫으면 말고! 나는 편하게 해도 되죠?"

"아 아니 그러서도 되는데 그래도 저는 갑자기 이렇게…"

순진한 그의 모습에 나는 소리 내 웃어 버렸다. 그는 갑작스러운 제안을 거절하지는 않았지만 끝내 말은 편해지면 놓겠다고 이야기하고는 이 상황을 벗어나려는 듯 질문을 던졌다.

"새봄 씨는 오늘 서울로 올라가서 뭐 하려고 했어요? 원래 1박

2일 일정이었다면서요.”

그는 아무렇지 않게 던진 질문이었겠지만 나는 서둘러 표정 관리를 하기 시작했다. 올라가서 해야 할 일 같은 건 생각해 놓은 게 없었다.

단 한 가지 생각해 놓은 게 있다 하더라도 그것을 이야기할 수 있을 리 없었다.

“음… 그냥 평소처럼 인생 권태기에 시달리면서 가만히 누워 있지 않았을까나?”

“되게 재미없게 사는구나!”

“…뭐 그렇지…”

반말을 섞어 가며 이야기하는 말투는 나의 제안에 조금은 노력하려는 듯 보였다. 그 말투가 신경 쓰이기 전에 나를 놀리려는 듯한 뉘앙스로 던진 재미 없게 산다는 말은 나를 반박할 수 없게 만들었기에 약간의 우울감이 밀려왔다.

재미나 행복 같은 단어는 이미 수천 번 외면한 지 오래였다.

“그러면 너는? 아직 이 세상이 재밌고 행복해?”

“그럼요! 저는 집에서 혼자 외국 로맨스 영화를 찾아보는 것만으로도 충분히 행복해요.”

"생각보다 고상한 취미를 갖고 있구나 너."

그와 잘 어울리는 취미라고 생각했지만, 괜히 그를 놀리기 위해 농담을 했다. 심란한 마음이 무뎌질 정도로 시시콜콜한 일상 대화를 하다 보니 어느새 새빨갛게 익은 랍스터와 한눈에 보아도 고급스럽게 구워진 스테이크를 실은 회색 트레이 카트가 우리 옆에 멈춰 섰다.

"와아 이걸 다 먹는다고요?"

"다 먹기 전까지는 못 나가. 알겠지?"

"어어… 노력해 볼게요."

그는 놀라면서도 기대하는 듯한 표정을 짓고 있었다. 나 역시 어제오늘 먹은 것이라곤 마들렌 하나와 아이스 녹차, 그리고 외로움을 달랠 맥주 한 캔뿐이었기 때문에 오랜만에 마주한 진수성찬은 나의 낯빛을 밝게 바꿔 주기에 충분했다.

오랜만에 느껴 본 기분 좋은 배부름과 함께 식당을 나오자 해가 뉘엿뉘엿 수평선을 넘어가고 있었다.

우리는 노을빛을 따라 모래사장을 걸었다.

"그런데 제목은 왜 Missing you야? 가사도 안 썼으면서."

"큰 의미는 두지 않는 편이에요. 제목은 가사를 다 쓰고 나서 얼마든지 바꿔도 되니까, 그냥 이 제목을 써야 가사가 잘 나올 것 같았거든요."

"아아…"

그의 말에 동의하며 걷다가 약간의 취기 탓에 발을 헛디뎠다.

"어어 조심!"

다행히도 그가 나의 팔을 붙잡아 주었다. 나는 따뜻하면서도 의지할 만한 그의 손길에 잠시 생각에 잠겼다.

"괜찮아요? 안 다쳤어요?"

"혹시… 곡 제목도 바꾸는 거 어때?"

"아니 그보다 괜찮은지…"

나는 되레 그의 팔을 잡았다. 그러자 그의 손에서 힘이 조금씩 풀리며 이내 스르륵 팔을 놓았다.

"곡 제목을 어떻게?"

"Missing you 말고 Holding you."

철자가 단 네 개만 바뀌었을 뿐인데 완벽히 다른 의미를 하고 있었다.

이미 떠난 사람에게 하는 '네가 보고 싶다'는 말, 그리고 옆에 있는 사람에게 간접적으로 전달할 수 있는 몸의 메시지 '너를 붙잡다'.

"흐음… 확실히 이쪽이 더 마음에 들어요."

그는 제목을 바꾼 이유도 물어보지 않고 대답했다. 불과 어제 처음 보고 오늘 그를 경계했었다는 게 믿어지지 않을 정도로 그는 나의 잃어버린 시간을 채워 주고 있었다.

수천 번 외면한 세상에도 가슴을 파고든 빛처럼…

"홀딩 유… 우리 이 노래 꼭 완성해요."

그는 자신의 휴대폰을 내밀며 이야기했다. 나는 그 말을 듣고 손에 쥐고 있던 휴대폰을 떨어트릴 뻔했다. 나는 고민 없이 고개를 끄덕이고 그와 번호를 나누었다. 이곳에 온 본질적인 목적도 물론 중요했다.

하지만 이 한겨울이라는 작곡가와 그 노래를 완성해 보고 싶다는 욕심과 이 아름다운 멜로디에 그 사람을 위한 마지막 가사를 쓰고 싶어졌다. 술기운과 합심한 심장은 아까보다도 더 세차게 뛰어올랐다.

Fsus4

갑자기 늘어난 일정, 예정에 없었던 동행은 늦은 밤까지 이어졌다. 여전히 순수한 그의 눈빛과 함께 생각해 두지 않았던 미래 때문일까, 나는 한 치의 의심도 없이 그의 숙소까지 따라오게 되었다.

"저… 다 오긴 했는데 정말 괜찮아요? 아니면 저 차에서 자도 돼요."

주차 기어를 넣으며 그는 걱정스러운 듯 이야기했다.

"우아… 고생했어, 아니야! 잠깐 쉬다가 피곤하면 내가 내려와서 잘게!"

"아아 정말 숙소에서 자도 돼요! 근사한 저녁도 얻어먹었는데…"

"그건 나중에 생각하고 일단 올라가자."

오늘 하루가 너무 길었기 때문에 이 문제는 뒤로하고 단순히 아늑한 곳에서 쉬고 싶었던 마음이었다. 큰 사이즈의 침대 하나, 하필 유리로 되어 있는 샤워실. 뒤늦은 걱정이 몰려오기 무색하게 그가 말했다.

"저는 운전하느라 술을 못 마셨어요. 밑에 편의점에서 맥주 한 캔 마시고 있을 테니 다 씻으면 알려 주세요."

이 남자는 정말 음악밖에 모르는 바보일까 싶을 정도로 과도한 배려에 아주 조금 섭섭함이 느껴질 뻔했다. 하지만 술이 조금 깬 지금 번호까지 교환해 버린 상황에서 작업만 하는 공적인 사이로 남아야만 연을 이어 갈 수 있을 거라는 생각이 들었다.

"배려가 깊네, 고마워."

"아니에요, 연락 주세요!"

그가 나가고 문이 닫히자 나는 곧장 욕실로 향했다. 조금은 혼란스러운 마음을 따뜻한 물에 흘려보내며 오늘은 오늘대로, 내일은 흘러갈 내일에 맡기기로 했다.

샤워를 끝내고 잠옷이 아닌 오늘 입은 옷을 그대로 챙겨 입었고 아직 청치마 주머니에 만져지는 수첩을 가방으로 옮겨 넣었다. 서둘러 머리를 말리고 매무새를 다시 한번 정리했다. 기다리고 있을 그에게 연락을 보내자 얼마 지나지 않아 그가 올라와 문을 열었다.

"생각보다 금방 끝났네요? 제대로 씻은 거에요?"

그 말과 함께 그가 욕실 문을 열자 몇 걸음 뒤에서도 눈으로도 확인할 수 있을 정도로 빠지지 않은 따뜻한 김이 남아 있었다.

"음… 확실히 깨끗하게 씻으신 것 같네요, 거울이 뿌에졌어요."

"너한테 민폐 안 끼치려고. 베개 이상 안 넘어갈 테니까 편하게 자. 네 숙소 나눠 줘서 고마워."

그의 시선은 침대 중앙에 세로로 놓인 베개로 향했다. 그리고 만족스러운 듯한 웃음을 보이고 욕실로 들어갔다. 그리고 그는 단 몇 분 만에 세안을 마쳤다.

"괜히 나 때문에 못 씻는 거 아니야? 나도 잠깐 나갔다 올까?"

"아 그래 주실래요?"

수건으로 얼굴을 닦으면서도 너무 당돌한 그의 대답에 순간 멍해졌다.

"하하 농담이에요, 더 마실 수 있어요? 역시 혼자 마시는 맥주는 조금 맛이 없네요."

"허 참!"

나는 어이없다는 듯한 반응과 함께 캔맥주를 집어 들었다. 1인용 테이블을 사이에 두고 맥주 캔을 부딪치자 그가 이야기했던 디미니쉬 코드의 의미가 머리를 맴돌았다.

C# Diminished '도# - 미 - 솔' 불안정하면서도 흔한 코드 사이에서 매력적인 음을 내는 코드…

와인의 취기가 가실 때 즈음 들어온 맥주의 취기는 어렵지 않게 나의 몸을 침대로 옮겨 주었다. 파도 소리마저 없어진 정적은 이 세상 어디보다도 조용하게 느껴졌다. 나는 그와 멀리 떨어져 베개 두 개를 사이에 두고 돌아누웠다.

"겨울 씨…"

어둠 속에서 나직이 그의 이름을 불렀다.

"오늘 즐거웠어, 정말로…"

그도 등을 돌리고 있었지만 딸각 하는 소리와 함께 희미한 빛이 없어지자 휴대폰을 내려놓았다는 사실을 알아차릴 수 있었다.

"저야말로 특별한 인연을 만나게 되어서 기뻐요."

"그래 잘 자 겨울아."

"아아! 네 음…. 누나도요!"

어렵게 꺼낸 듯한 누나라는 말이었지만 그의 말투 속에는 분명 조금 들뜬 따듯함이 묻어 있었다. 하지만 나는 그럴 수 없었다. 특별한 인연이라는 말은 빠른 속도로 가슴에 비수처럼 날아와 꽂혔다. 분명 그에게 호감이라는 감정이 생겼지만 한 침대에 누워 있는 이 시간이 행복하기보다는 왠지 모르게 가슴이 저려 왔다.

그리고 5년 동안 하루도 잊지 않고 살아온 그 사람이 오늘 잠시 흐려졌다는 것에 대한 미안함에 눈물로 조용히 베개를 적셨다.

'미안해… 나 오늘 꽤 즐거웠어… 마음은 그게 아니었는데… 잠시 너를 잊을 뻔했어…'

내일 수첩에 이 문장을 써넣어야겠다고 생각하며 축축해진 베개를 뒤집었다.

Csus4

 평소 술을 잘 먹지도 않던 나는 맥주 한 캔에 보기 좋게 취해 버렸다.

 그녀에게 티를 내지는 않았지만 다른 생각 없이 조금 더 편하고 빠르게 잠들기 위한 방법이었다. 어지러움 속에서 나는 인스타그램의 디엠을 확인했다.

 '회원님의 메시지를 좋아합니다'

 술기운에 잘못 봤나 싶어 나는 그것을 자세히 읽어 보기 위해 눈을 가늘게 떴다. 그리고 그 문장을 천천히 다시 읽어 보았다. 불과 어제까지 '3주 전 읽음'으로 표시되었던 그 콘택트 DM은 이렇게 바뀌어 있었다.

 '대체 어떤 신호일까?'

 데뷔 이후 오랜 기간 동경해 오던 몇몇 아티스트들에게 나의 작업물들을 보냈었고 불과 3주 전 그들 중 한 명이 내가 정성스럽게 현지 언어로 번역한 DM을 읽어 주었다.

 큰 기대를 하고 있지는 않았지만, 그가 내 메시지에 좋아요를

눌러 주었다는 사실만으로 가슴이 두근거렸다. 이 이야기를 옆에 있는 그녀에게 먼저 들려줄까 하고 생각하던 참에 그녀는 작은 목소리로 내 이름을 불렀다. 해가 떠 있을 때만 해도 흑빛의 기운이 머물던 그녀가 오늘 즐거웠다고 이야기를 해 주자 화려하지 않은 뿌듯함이 들었다. 마치 꾸미지 않은 그녀의 모습처럼… 나는 아직 DM으로 조금 흥분했던 마음이 담긴 채 대답했다.

그리고 몇 초의 정적 동안 그녀를 뭐라 불러야 할까 생각하며 마음을 가라앉혔다. 괜히 어색한 마음에 몸을 조금 뒤척여 보며 '새봄 님'이라는 호칭 대신 조금 어렵게 누나라는 호칭으로 밤 인사를 건네고 하루를 마무리했다.

그녀보다 일찍 잠에서 깬 나는 이틀 동안 지내며 풀어 놓았던 짐들을 정리하기 시작했다. 충전기를 뽑는 소리에 그녀도 잠에서 깼다.

"미안, 깼어요? 더 자도 되는데."

"으음… 지금 시간이…"

"9시 반, 먼저 산책 좀 하고 있을게요. 편하게 준비하고 나와요!"

그녀는 잠에서 깬 민낯의 얼굴이 부끄러웠는지 베개에 얼굴을 파묻은 채 머리 위로 오케이 사인을 보냈다.

 밤사이 내린 여우비는 땅을 살짝 적셔 놓았고 자욱한 안개와 함께 기분 좋은 자연의 향을 만들어 냈다. 편의점에서 딸기 우유 두 팩을 사 들고 나와 야외 테이블에 자리 잡았다. 아는 맛이지만 기대되는 첫 모금은 아직 일을 시작하지 않은 머릿속을 움직이게 해 주었고 나는 그 감정으로 열네 번째 마디를 쓰기 시작했다. 잠시 멜로디를 고민하던 나는 세 번째 줄로 돌아와 마지막 마디의 코드를 메이저에서 서스포로 바꾸었다.

 '도 - 파 - 솔' 서스포 코드의 4음과 5음은 검은 건반 하나를 사이에 두고 있지만, 흰색 건반은 시각적으로 붙어 있다.

 어젯밤, 정갈하게 놓인 베개를 사이에 두고 잠든 그녀와 나의 모습은 그 서스포 코드를 연상케 하면서도 디미니쉬 코드보다 안정적이었다.

 이 노래는 이미 그녀를 중심적으로 써 내려지고 있었다.

 그녀를 기다리는 30분 동안 5줄의 선율들을 그려냈다. 어제와 눈에 띄게 달라진 작업 속도는 어쩌면 그녀에게 스며든 속도만큼 빨라져 있었다. 별다른 신체 접촉이 있었던 것도 아니었고 달달한 대화를 나눈 것도 아니었다. 하지만 나의 위로와 행동들에

4. Sus4

영감으로 보답하는 그녀를 곁에 두고 싶어졌다.

알게 모르게 이새봄이라는 여자는 1년이 넘는 시간 동안 내 마음속에 크게 자리 잡고 있던 그 사람의 흔적을 덮어내고 있었다.

제대로 말리지 않은 머리로 출입문을 나오는 그녀의 모습은 어제의 오후보다 오늘의 오전이 더 아름답게 보였다. 그녀에게 말없이 딸기 우유를 내밀자 입꼬리를 살짝 올려 보였다.

"고마워, 앞으로도 딸기 맛으로 부탁해."

딸기 우유를 손에 들고 우리는 차에 올라탔다. 조수석을 채운 우리의 짐 탓에 차 안은 첫날보다 확실히 무거워져 있었다.

"해쉬브라운이나 프렌치토스트 같은 거 좋아해요?"

"그럼, 안 좋아하는 여자는 없을걸?"

나는 망설임 없이 중문색달 해수욕장 부근의 브런치 가게를 검색했다. 확실히 맨정신으로 그녀를 다시 마주했을 때의 기운은 조금은 어두워졌다는 걸 느낄 수 있었지만, 딱히 어제의 일에 대한 후회는 없어 보였다.

F#sus4

그가 나간 후 맨 처음 할 행동은 수첩에 어젯밤 생각했던 내용을 적는 것이었다. '미안해'로 시작한 첫 단어를 보니 또 한 번 '이게 정말 그가 듣고 싶었던 말일까' 하고 생각했다. 나는 깊은 한숨을 내쉬고 욕실로 향했다.

어젯밤에도 깨끗하게 씻었지만 나는 평소보다 세게 머리를 감았고 더 세차게 세수했다. 내가 지우고 싶고 만들어 내고 싶은 추억은 대체 뭘까⋯ 맨정신에도 내 머릿속은 여전히 혼란스러웠다.

밤사이 건드리지도 않았는지 침대 한가운데에 정갈하게 놓인 두 베개는 그에 대한 경계를 더 풀 수 있게 해 주었다. 그리고 아주 작게 남겨 둔 나의 마음속 공간을 비집고 들어오는 듯한 묘한 감정을 느꼈다. 그런 그를 오래 기다리게 할 수 없어 대충 머리를 말리고 숙소를 나섰다.

나를 기다리면서도 딸기 우유를 건네주는 그의 세심한 배려에 순간 '이 남자를 떠나서 다른 사람을 만난 그 여자는 정말 후회하겠는걸…' 하고 생각하며 멋쩍게 입꼬리를 올려 보았다.

가벼운 아침 메뉴 선택과 함께 브런치 카페로 향했다. 차창을 열어 보자 누가 숨 쉬어도 기분 좋아질 초봄의 신선함을 좀 더 느끼고 싶었는지 눈이 저절로 감겼다.

이윽고 도착한 브런치 카페는 바다가 잘 보이는 탁 트인 장관보다는 녹색의 나무들과 풀이 깨끗하게 자라 있는 상쾌한 풍경이었다. 어차피 바다는 이틀 동안 실컷 느꼈기 때문에 오히려 이쪽이 더 나을 거라 생각했다.

"저거 맛있어 보이지 않아요?"

그는 세 칸 정도 떨어져 있는 테이블에서 한 연인이 먹고 있는 브런치 메뉴를 가리키며 이야기했다. 녹색 채소들 위로 잘 익은 베이컨과 소시지, 색감을 맞춘 듯 노릇노릇하게 구워진 해쉬브라운과 프렌치토스트가 포인트였다.

"나도 동의해!"

어제 오랜만에 맛본 진수성찬들은 몸에서 적응하지 못했는지 아침 식사를 먹음직스럽게 만들지 못했지만 그가 잘 먹는 모습을 보이자 조금 입맛이 돌기 시작했다. 베이컨과 해쉬브라운을 반밖에 먹지 못했지만 출출함을 채우기에는 충분했다.

그리고 우리는 이미 마지막 목적지를 정해 놓기라도 한 듯 중문색달 해수욕장으로 향했다.

불과 하루 만에 혼자가 아닌 둘이서 이곳에 도착했다. 낯설지만 익숙한 기분에 순간 어제 했던 일을 잊어버릴 만큼 머릿속이 비워졌다.

"어떻게 알았어? 내가 여기 오고 싶어 하는 거."

"…그랬어요?"

순수하다 못해 단순한 그의 대답에 어이없는 웃음이 새어 나왔다.

"아이스크림 먹을래요?"

그는 주차장 끝에 있는 가게를 가리키며 말했다. 이제는 유채꽃이 조금씩 보이는 따뜻한 날씨이기도 했고 기름진 아침 식사를 중화시키고 싶었기 때문에 나는 고개를 끄덕였다.

"무슨 맛 먹을래요? 나는 망고로 할래요."

"나는 초콜릿으로 할게."

"아이스크림은 딸기 맛으로 안 먹네요?"

어딜 가나 조금씩 스며들어 있던 그 사람에 대한 미안한 마음은 내가 좋아하는 맛보다도 항상 흔적을 잊지 않기 위해서라도 그 사람의 입맛에 맞추었다. 오늘은 평소보다 조금 고민했지만, 아직 그 고집을 버릴 수는 없었다.

그는 아이스크림을 받아 들고 한입을 베어 물었다. 이내 눈을 치켜뜨고 나를 바라보며 말했다.

"쉿… 이거 망고 맛이 아니라 바나나 맛이에요."

전혀 예상치도 못한 엉뚱한 말에 나는 눈을 두 번 깜빡였다.

"어어 그래? 주인이 실수했나 보다, 내가 이야기할게."

"아아 괜찮아요! 사실 바나나 맛 먹을까 고민했어요. 그냥 먹을래요!"

평소 같았으면 나는 주인에게 주문한 맛으로 다시 요청했을 것이다. 하지만 가게 앞에서 주인이 들을세라 조용히 이야기하는 그의 모습에는 바보스러울 정도로 '배려'라는 게 새겨져 있었다.

나는 그 사람의 눈이 되어 주며 세상의 불합리함을 대신 외쳐 주어야 했었고 배려라는 단어는 나에게 '버릇 됨'보다는 '억지'에 가까웠다.

잘못 나온 메뉴를 이야기하는 것처럼 사소한 일조차도 그 사람을 지키는 것이자 해야 할 일이라고 생각해 왔었고, 그것들이 쌓이고 쌓여 이별을 고했었다.

  하지만 그와 닮은 듯하면서도 상반되는 이 행동을 보자 나는 단순히 그 사람이 보고 싶다를 넘어 이별을 결심하게 되었던 그 날까지 돌아보게 되었다.

  나에게 기댈 가슴과 편안한 장소를 내어 주고 오늘마저 잘못됨을 외치지 않는 그의 모습은 24시간이 채 되지 않은 시간 동안 나를 조금씩 흔들고 있었다. 어젯밤 흘린 눈물은 정말 그리움의 눈물이었을까 그저 미안함의 눈물이었을까. 이 남자 옆에서 그 사람이 좋아했던 초콜릿 맛 아이스크림을 들고 나는 아직도 이 문제들에 대한 답이 무엇인지 헤매고 있었다.

5. Minor

Em

 우리는 어제만큼은 버겁지 않은 발걸음으로 중문색달 해수욕장을 걸었다. 어제 걷던 모래사장의 감촉이 달라진 건 기분 탓일까, 밝아진 하늘 때문일까. 그럼에도 우리의 걸음은 모래가 없는 산책로로 향했다.

 그리고 처음 이야기를 나누었던 낡은 벤치 앞에 멈춰 섰다.

 "누나… 괜찮다면 누나도 왜 여길 찾았는지 말해 줄 수 있어요?"

 그녀는 조금 고민하며 미소를 지었다.

 "나도 너처럼, 잊을 수 없는 마지막 추억이 담겨 있거든."

 고요했던 어제와는 다르게 이곳을 찾은 연인들과 가족들의 목소리가 멀리서 들려왔다.

"너도 잘 알잖아! 이별의 슬픔을 달래는 법이랬나?"

어제 그녀의 울음소리가 또렷하게 머리를 울리는 듯했다. 그녀는 이내 깊은숨을 쉬며 벤치에 몸을 앉혔다.

"나 사실… 정말 살기 싫어졌었어. 서울에 올라가면 정말 끝내 버리자는 생각으로 내 물건도 다 팔고 내려왔는데, 어제 여기서 너를 만난 거야."

그녀는 인생의 끝을 갈망하고 있었다. 그 말에 나는 많이 놀랐지만 일부러 내색하지 않고 그녀의 옆에 앉았다. 그저 고개를 끄덕이며 그녀의 말을 들어 줄 뿐이었다.

"정말 오랜만이었어, 누군가와 이렇게 오래 터놓고 이야기하는 거…"

그녀에게 어떤 일이 있었는지는 알 수 없었지만 한 가지 확신이 들었다. 하던 말을 멈췄기에 아직 말할 준비가 되어 있지 않아 보였지만 나와는 비교도 되지 않을 정도로 큰 아픔을 가진 이별을 한 것만 같았다.

"…괜찮으면 같이 사진 찍을래요?"

이 장소의 아픈 추억이 조금은 무뎌지길 바라며 묻자 그녀는 아련한 웃음을 보였다.

"좋아."

나는 휴대폰을 꺼내고 그녀와 조금 더 거리를 좁혔고 바다가 배경이 되도록 몸을 돌렸다.

"아앗 상당히 역광이네요."

"괜찮아, 그래도 예뻐."

"자… 하나 둘 셋!"

사진 속 우리는 아직 다 털어내지 못한 무언가를 가지고 있는 듯한 표정이었다. 하지만 언젠가 더 밝은 표정의 사진을 찍을 수 있을 것이다. 그녀는 사진을 보며 이야기했다.

"너는 다른 사람들보다 순수한 눈빛을 가지고 있는 것 같아서… 그래서 더 편하게 대할 수 있었어. 그리고 네 말대로 노래도 꼭 완성시키고 싶어."

노래를 완성시키고 싶다는 말은 곧 그녀가 삶의 희망 하나를 찾았다는 것을 의미하는 듯했다.

나 역시 마지막 날의 기억을 잊고 싶었기에 이 장소가 특별하고 의미 있었다. 그런 장소에서 그녀와 새로운 추억을 만들면서도 한편으로는 오늘 서울로 올라가 그녀와 헤어짐의 인사를 나눈다면 그녀도 나를 떠나 버리지 않을까 하는 불안함이 들었다.

　이제는 이성의 눈빛을 신뢰하지 못했지만, 마지막 운명이라는 생각으로 그녀를 믿고 싶었고 더 나아가 나는 그녀의 곁에서 함께하고 싶었다.

　"누나…"

　나는 마른침을 꿀꺽 삼키고 처음 만난 그날처럼 작은 목소리로 이야기했다.

　"함께한 이틀 정말 즐거웠고 행복했어요. 우연처럼 만나서 운명처럼 대화하고 잊고 지나치려 했던 소중한 걸 되찾은 기분이에요."

　그녀는 나를 바라보며 말없이 웃어 줄 뿐이었다. 그런 그녀의 웃음도 마지막이 될지 모른다는 생각에 나는 마음을 전하기로 했다.

　"…괜찮다면… 나랑 만나 볼래요?"

　나는 떨리는 목소리로 그녀에게 고백을 했다. 그리고 목소리만큼이나 떨리는 마음으로 그녀의 답변을 기다렸다.

　"…나도 네가 싫지 않아… 하지만…"

　싫지 않다는 말 뒤를 따라온 '하지만'이라는 단어는 많은 감정을 느끼게 했다. 다음 말을 기다리는 시간은 너무나도 길었고 그녀는 입술을 깨물고 있었다.

"하지만… 우리 알게 된 지 아직 이틀밖에 안 됐고… 시간이 필요할 거야… 네가 모르는 내 모습도 많고 내가 모르는 네 모습도 많을 테니까…"

그녀의 말에 가슴이 쿵 하고 내려앉았다. 솔직하게 지금까지 나를 대해 준 그녀의 행동이 이해되지 않았다.

하지만 그 말은 곧 그녀가 할 수 있는 최선이었다는 것을 알게 되었다.

"…미안해. 사실… 아직 누군가 만날 준비가 안 되어 있나 봐."

그 말에 나는 기쁜 표정도, 슬픈 표정도 짓지 않았다.

예상을 못 한 답변은 아니었다. 차라리 이런 답변이라 다행이라고 생각했다. 그녀는 자신의 감정에 매우 솔직한 상태였다.

"괜찮아요! 솔직하게 이야기해 줘서 고마워요!"

미안하다는 말과 함께 그녀는 고개를 떨구고 더는 내 눈을 마주치지 못했다.

"음… 그래도 노래 가사는 써 줄 거죠? 제발 만나 달라고 떼쓰거나 허튼짓 안 할 테니까…"

어떻게든 그녀와의 인연만은 이어 가고 싶었다. 최대한 그녀가 나에게 미안한 마음이 들지 않길 바라며 농담을 조금 섞으며 이야기했다.

"겨울아…"

"네…"

그녀는 다시 내 눈을 바라보며 이야기했다.

"그렇게 말해 줘서 오히려 내가 더 고마워. 네가 다른 사람이랑 작업하겠다고 해도 그건 안 된다고 욕심 냈을 거야."

그녀의 부드러운 말이 귀에 닿자 나는 그제야 내려앉은 가슴을 다시 붙잡아 올릴 수 있었다.

"꼭 약속해요."

"응 약속. 이 감정들 추억으로만 남겨 두기엔 아까우니까, 멋진 작품을 만들어 보자."

어젯밤 우리 사이에서 느낀 서스포 코드는 메이저 코드로 발전될 줄 알았다.

하지만 지금은 서스포 뒤에 올 수 없는 마이너 코드에 가까운 화음을 내고 있었다. 그렇지만 아직 만들지 않은 노래의 코드는 얼마든지 수정할 수 있다. 쉽게 만들어진 노래는 울림이 없다고 느끼는 것처럼, 이틀간 느꼈던 감정과 변함없이 그녀가 나를 받아 주지 못하는 감정마저도 가볍게 여기지 않는 것 같아 그녀가 더 좋아졌는지도 모른다.

내 생각이 틀리지 않았길 바라며 우리의 운명적인 제주도 여행은 끝을 향하고 있었다.

Am

이틀간의 동행은 나에게 많은 변화를 가져왔다. 놓아 버렸던 펜을 잡게 되었고 다시 살아가고 싶은 큰 이유 한 가지를 얻었다. 우연히 만난 한 남자로 인해…

처음에는 그를 마주치지 않길 바라기도 했다. 그랬던 사람은 앞으로의 내 삶에 큰 행복이 함께할 것만 같다고 생각될 정도로 소중해져 있었다. 하루도 한시도 쉬지 않고 지구를 맴도는 달처럼 그를 곁에 두고 싶었다. 하지만 결국 나는 그의 고백을 거절하고 말았다. 막상 이런 상황이 다가오자 나는 도저히 그 사람을 내 마음속에서 밀어낼 자신이 없었다.

여태 그런 나의 모습은 낭만주의자인 줄만 알았다. 하지만 어떻게 해도 다시 만날 수 없는 사람 때문에 현실에 스며들지 못하고 있었던 나는 그저 한심한 바보로 느껴질 뿐이었다. 말로는 그를 얼마든지 받아들일 수 있었다. 하지만 나는 순수한 그에게 더 큰 상처를 줄 수 없었기 때문에 기다려 달라는 말조차 하지 못하고 선을 그어 버렸다. 그를 온전히 사랑하기 위해선 내 마음속에서 그 사람의 존재가 완전히 잊혀 더는 힘들어하지 않는 모습이 필요했다.

애석하게도 나는 아직 그 준비가 되지 않았다. 얼마나 긴 시간이 걸릴지 예상되지 않을 정도로… 그럼에도 그는 나를 붙잡지도, 한 번 더 의견을 물어보지도 않았다. 그저 이런 바보 같은 나에게 여전히 가사를 써 달라고 할 뿐이었다.

비행기를 늦게 예약한 탓에 그와 많이 떨어진 좌석에 앉아 복귀했다. 제주공항보다 많은 사람이 오가는 김포공항에서 그의 옆을 걷고 있자니 잠시 지난 이틀이 꿈이었나 싶은 기분이 들었다.

"자 이제 돌아갈 시간이네."

"고생했어요! 저랑 같이 여행해 줘서 고마워요 누나."

"고생은 네가 다 했지 뭐! 나도 고마워."

나는 그에게 지었던 미소 중 가장 크고 진실한 미소를 보이며 덧붙일 말을 생각했다.

'나도 잊지 못할 추억이 됐어', '네가 아니었으면 난 오늘이 마지막이었을 거야', '조심히 들어가서 푹 쉬어' 어떤 말로 그에게 고마움을 표현할 수 있을까 고민하던 나는 그에게 확신을 줄 수 있는 한마디를 전했다.

"한 번 안아 줄까?"

그는 큰 숨을 한 번 들이키고 이내 웃으며 고개를 끄덕였다. 그가 두 팔을 벌려 보이고 포옹을 하자 내가 안아 주는 모습보다는 안겨 있는 모습이 되었다. 단순히 키 차이 때문만은 아니었다. 여행의 처음부터 끝까지 나는 그에게 위로를 받고 있었다.

"필요하다면… 언제든…"

헤어지기 전 작은 소리로 위로하는 그의 온기를 조금은 아쉬울 정도로만 느꼈다. 나를 향한 마음이 너무 일찍 닫히지 않길 바라며… 그렇게 슬픔을 찾으러 떠난 제주도 여행은 슬픔 대신 어린 빛 하나를 찾아 끝이 났다.

6. Major

CM

공항에서 지친 몸을 이끌고 집에 도착했을 때엔 영어로 된 편지 한 통이 도착해 있었다.

'밴쿠버에서…'

나는 설마 하는 마음에 떨리는 마음으로 바로 밑의 수신인을 확인해 보았다. 수신인의 이름을 읽자마자 나도 모르게 큰 소리를 내 버렸다. 그리고 나는 어젯밤 나의 메시지를 좋아했던 DM의 의미를 알아차릴 수 있었다. 수개월 전 협업하고 싶던 아티스트에게 보냈던 데모곡에 대한 피드백이었다.

"한겨울님께 -

안녕하십니까, 먼저 이렇게 용기를 내 메일을 보내 주신 것에 심심한 감사의 인사를 전합니다. 조금 더 빨리 DM을 드리고 싶었지만, 당신의 진정성 있는 음악에는 꼭 진정성 있는 편지로 답하고 싶었습니다. 연락이 늦어져서 미안합니다. 보내주신 데모곡은 잘 확인해 보았습니다. 익숙한 멜로디와 분위기였지만 저와 제 동료들은 겨울 씨의 음악에 새로운 감동과 깊은 울림을 받았습니다. 저는 5월부터 9곡이 담긴 8집 정규앨범 작업을 시작할 예정입니다. 실례되지 않는다면 겨울 씨와 좀 더 깊은 이야기를 나누며 우리의 작업 동료로서 함께하고 싶습니다. 비행기와 숙소가 필요하시다면 겨울 씨가 편안한 환경이 될 만큼 제공해 드리겠습니다. 긍정적인 답변 기다리겠습니다."

밴쿠버에서 날아온 편지봉투는 나의 새 오선지 공책보다도 빳빳하고 깨끗했다. 낯선 냄새와 감촉에 너무 놀라 가슴이 뛰는 동시에 주체할 수 없는 흥분으로 숨쉬기가 힘들어졌다.

'누나가 알면 기뻐하겠지?'

정말 단순한 생각이었다. 정규앨범을 작업하러 외국으로 나간다면 나는 오랜 시간 그곳에 머물러야 한다. 기쁜 마음을 뒤로하니 그녀를 두고 떠나야 한다는 생각에 머리가 복잡해졌다.

"앞으로 한 달…"

정신을 차리고 마무리해야 하는 일이 있었다. 한 달 안에 Holding you를 완성시켜야만 한다. 신속하지만 완벽하게…

"노래 먼저 완성시키는 거야… 고민은 그 뒤에 해도 돼."

나는 혼잣말을 중얼거리며 짐을 벗어 던졌다. 사흘 동안 입은 감색 셔츠를 그대로 입은 채 곧장 컴퓨터 앞에 앉았다. 저녁도 먹지 않고 나는 작업에 몰두했다. 몇십 번 몇백 번 피아노 코드를 눌러 보고 목이 쉬도록 가녹음을 진행했다. 그리고 오직 그녀 생각만으로 6시간 만에 만족할 만한 코러스를 만들어 냈다.

언제 밤이 되었는지 모를 정도로 작업했는지 불을 켜지 않은 집 안은 컴퓨터의 불빛만이 방 안을 겨우 비추고 있었다. 유통기한이 조금 지난 컵라면으로 허기진 배를 채우고 그녀에게 연락을 보내려다 말았다.

이제서야 처음 본 그녀의 프로필 사진은 아무것도 없는 청록색의 기본 사진이었다. 배경 사진 속의 장소는 자세히 보지 않아도 한 번에 알아볼 수 있었다. 같은 장소였지만 필터를 쓰지 않아도 유독 푸르게 보이는 하늘과 맞닿은 수평선은 그녀와 함께 올려다본 중문색달 해수욕장의 하늘보다 더 아름다워 보였다.

★ - D+1914

  사진의 왼쪽 하늘 위치에 자리 잡고 있는 디데이는 많은 생각을 하게 만들었다. 나는 오래 생각하지 않아도 그 별의 의미를 간접적으로 이해할 수 있었다. 그녀가 서럽게 울며 적셨던 해수욕장의 모래들도, 아직 나를 받아들일 준비가 되지 않은 마음의 여유도, 몇십 번을 두드리며 결국 찾아낸 화음처럼 느껴졌다.
  어려운 결심과 함께 밤새도록 그녀를 위로할 멜로디를 써 내려갔다. 그리고 다음 날 저녁, 그녀에게 1절의 가사와 함께 음원 파일을 보냈다.

FM

여행은 잘 마무리되었지만 그의 고백을 거절한 것이 여간 마음이 쓰였다. 단지 그 이유로 그가 불편할 수도 있겠다고 생각하며 먼저 연락을 보내지도 못했다. 어쩌면 영영 연락이 오지 않을 수도 있을 것이라 생각했지만 작은 진동 소리에도 재빠르게 휴대폰을 확인했고 함께 찍은 사진을 여러 번 찾아 보았다.

그렇게 다음날 몇 시간 동안 그의 연락을 기다리다가 결국 먼저 연락을 보내 보기로 했다. 하지만 첫 마디를 어떻게 띄워야 부담스럽지 않을까… 슬럼프가 온 작사가처럼 메시지를 썼다 지우기를 반복했다. 조금 머리를 식히려고 휴대폰을 내려놓았다. 몇 분이 지나지 않아, 평소와 똑같은 알림 소리가 울렸다.

이번 알림은 아주 미세하게 다른 느낌을 주었다. 마치 '네가 기다리던 그 연락'이라고 이야기라도 하는 듯했다.

그리고 나의 직감은 틀리지 않았다.

Holding you 데모(1).wav

"누나 잘 쉬었어요? 늦게 연락해서 미안해요, 오늘 일어나자마자 쏟아지는 영감들을 주체할 수 없더라고요…! 아직 브릿지랑 아웃트로를 못 썼지만 1절 데모 보내요! 어떤지 들어 보고 솔직하게 이야기해 주세요!!"

나는 답장을 할 생각도 못 하고 곧장 헤드셋을 썼다.

데모 파일을 누르자 악보로만 보았던 인트로가 흘러나왔다. 첫 음과 두 번째 음이 옥타브로 시작되는 인트로는 그날 내가 읽었던 악보의 선율보다도 몇 배는 아름답게 들렸다. 아름다운 피아노 선율 위로 중첩된 중저음의 보이스에 눈을 감았다. 그리고 가사에 집중하자 점점 감정이 북받쳐 올랐다.

Verse

사랑을 감춰 둔 네 안의

읽지 못하는 눈빛 속은

온 우주를 둘러도 멈춰질 한 줌의 숨

한켠에 아득히 남겨 놓은

애써 붙잡은 흑빛 흔적

서럽게 어둠을 지켜 낸 잊혀지는 날들

Pre chorus 아직 낯선 그림자와 곧

열어지는 바람은

Chorus 영원히 지나치려 했던

잃어버린 어린 빛 하나

끝나지 않는 새벽 속의 만년의 빛이 되어

수천 번 외면한 세상에도

가슴을 파고든 빛 하나

시작과 끝을 이어 버릴 널 위한 위로 되어

Holding you Holding you

데모곡을 듣고 나는 한참 동안 헤드폰을 벗지 못했다. 단순히 아름다운 노래가 아니었다. 나는 노래를 듣고도 몇 번이나 반복 재생을 했다. 감동이 채 가시기도 전에 나는 이 노래의 숨겨진 사실을 발견했다.

그가 보여 주었던 대로 인트로는 마치 불안했지만, 미래가 기대되는 우리의 첫 만남처럼 디미니쉬 코드가 사용되었다. 첫 번째 벌스는 마치 한 숙소에서 베개를 사이에 두고 잠들었던 우리처럼 서스포 코드가 자리 잡고 있었다. 마이너 코드가 연속해서 이어지는 프리 코러스를 지나 만들어진 코러스 속 5개의 메이저 코드와 1개의 마이너 코드는 결국 우리의 이야기를 의미했다. 이 노래는 이미 그가 내 마음속으로 들어올 수 있도록 여유를 주고 있었다.

"어때…? 괜찮아?"

'괜찮냐고? 정말 지금 이 노래가 괜찮냐고 물어보는 거야?'

나는 즉시 그에게 전화를 걸었다. 그는 신호가 가기도 전에 전화를 받았다.

"여보세요?"

"누가 이렇게 늦게 연락하래? 작업을 하고 있으면 하고 있다고 이야기라도 해 주든가, 기다렸잖아!"

"아… 미안해요, 사실…"

"괜찮은 정도가 아니야, 오래 기다렸던 사람한테 정성스럽게 쓴 손 편지라도 받은 기분이야!"

"정말요? 하아… 다행이다."

나는 아낌없는 찬사를 거듭 쏟아내며 흥분을 주체하지 못했다.

"이 가사도 너무 좋은데… 그럼 난 뭘 해야 하지?"

"2절과 브릿지, 그리고 마무리를 해 주면 되죠. 작사가님!"

"이렇게 좋은 노래… 정말 특별한 노래가 될 것 같은데… 정말 나 같은 작사가에게 맡겨도 되겠어요, 작곡가님?"

"…누나가 아니라면 누가 이 노래를 쓰겠어?"

그 말은 거대한 파도가 되어 내 심장을 덮치는 듯했다.

"내일 당장 작업 시작하자. 하루라도 빨리 이 노래 세상에 내비치고 싶어. 네가 힘을 쏟는 만큼 나도 내 전부를 걸고 작업할게."

이 노래는 정말 완벽하게 만들고 싶었기 때문에 작업 기간 동안에는 냉정했던 감정을 그대로 가져가고 싶었다.

그리고 나는 두 가지 결심을 했다.

그 사람을 위해 쓰기로 했던 이 노래는 더 이상 그 사람이 아닌 한겨울을 위해 쓰겠다고. 그리고 우리 두 사람의 작품이 비로소 완성되는 날, 그에게 줄 수 없었던 마음을 더 크게 키워서 선물하겠다고…

F#M

    삶의 의미를 잃었던 날 모든 걸 처분해 버렸던 난 집까지 내놓았던 사실을 잊고 있었다. 생각보다 빨리 집이 나가 버린 탓에 나는 새집을 구하기 전 임시 거처로 작은 작업실을 계약했다. 그리고 그를 거의 매일 이곳으로 초대해 작업에 몰두했다.

    같은 공간에 있어도 오직 노래를 만들어 내겠다는 일념 하나로 다른 행동은 하나도 하지 않고 작업에만 몰두했다.

    "자, 작곡가님, 이제 마지막 코드를 찍어 주세요!"

    그는 마지막 코드를 입력하기 전 오선지에 메이저 코드를 적으며 중얼거렸다.

    "디미니쉬, 서스포, 마이너… 이 노래 끝은 결국 메이저네."

    먼 길을 돌아온 우리의 첫 작품은 메이저 코드로 마무리되는 듯했다.

    "자… 이제 세상에 우리의 메이저 코드를 보여 주자!"

    그는 의미심장한 표정으로 조금은 복잡해 보이는 코드를 써넣었다.

"어어 이 코드 조금 어려운걸?"

다른 코드를 읽는 시간보다 길었지만, 그 코드를 해석할 수 있었다.

"메이저… 애드식스?"

"맞아, 메이저 코드를 넘어서 우리는 이 코드처럼 화려해질 거야."

어쩌면 그는 내가 상상조차 못할 크기의 새하얀 캔버스에 거대한 그림을 그리고 있었다. 놀란 표정을 지으며 그를 가만히 바라보았다. 그는 여전히 변함없는 순수한 눈빛으로 나와 눈을 맞추고 있었다.

"완성됐네, 우리 첫 작품의 뼈대가!"

주먹을 추켜올리는 그의 주먹에 나의 주먹을 맞댔다. 그의 눈빛은 조금 더 자신감에 찬 눈빛으로 바뀌어 있었다.

"이미 충분히 가슴이 벅찬걸?"

세 번의 재녹음, 작업자들과의 컨택, 유통사와의 교류, 뮤비 제작 등, 우리는 작사 작곡을 하던 날보다도 훨씬 바쁜 나날들을 보냈다.

한 달이 채 되지 못한 시간 동안 이 계절의 바람은 야속하게도 벚꽃을 낙화시키고 있었다.

7. Add6

C add6

Verse 2 희미해져 가는 세상에도

유난히 느렸던 손 하나

애쓰지 않아도 간신히 걷잡은 위로들이

Pre chorus 2 이제서야 맞춰 보는

감아 보려 했던 눈빛들은

Bridge 아무도 듣지 못할 알아주길

바랐던 속삭임도 다시는 놓지 않을

마른 손길을 따라

6월 25일 오후 12시 Holding you 발매일

그녀의 마음을 담은 가사 덕분에 4월이 끝나갈 무렵 Holding you를 세상에 내보일 준비까지 마쳤다.

"정말 고생 많았어 누나."

"우리 둘 다 고생 많았어, 오랜만에 살아 있는 기분이었달까?"

나의 결정으로 오래 걸릴 것만 같았던 출국은 겨우 3일을 남겨 두고 있었다. 아직 그녀에게 전하지 못한 말… 이미 조금 늦어 버렸을지도 모른다. 하지만 적어도 내일은 그녀에게 미뤄 왔던 이 이야기를 전해야만 했다. 그녀가 내 마음을 받아 주지 못했더라도, 말없이 사라지는 것은 아프고 못된 거니까…

"누나, 내일 제주도 갔다 올래? 새로운 마음으로 마지막 추억을 바꿔 버리고 싶어. 아니, 덮는다는 게 더 어울리려나?"

"당연하지, 이제 이 지겨운 오선지는 내려놓고 갔다 오자!"

그녀는 다시 웃음을 잃게 될까, 아니면 평소처럼 일상을 살아가게 될까. 내일 밤, 나의 하지 못한 이야기들을 전하기로 했다.

작업에 지친 사람들답게 우리는 바로 다음 날 별다른 준비 없이 공항으로 향했다. 불과 한 달이 지났을 뿐인데 공항은 눈에 띄게 많아진 인파로 북적댔다.

"이번에는 돌아오면서 면세점도 들러야지! 우리 도착해서 뭐부터 할까? 고기 국수 먹기? 오픈카 빌리기?"

한 달 동안 변한 건 공항에 있는 인파뿐만이 아니었다. 그녀는 내 옆에 있는 동안 아주 많이 달라졌다. 프로필 사진은 어색하게 찍어 보인 셀카로 설정했고 배경 사진은 우리가 함께 작업한 그녀의 작업실로 설정되어 있었다.

언제부터였는지 2,000일에 가까워지던 디데이는 Holding you의 발매를 알리는 D-59로 바뀌어 있었다. 그녀는 언젠가부터 밝은 기운을 더 세차게 뿜어내고 있었다. 나는 그런 그녀를 이전보다 더 좋아하게 되었지만, 그녀가 행복을 되찾으면서도 누군가의 추억을 하나둘 지워 가는 모습이 편치만은 않았다. 아니 오히려 볼수록 숨통이 막히고 가슴이 조여드는 것만 같았다. 그날 그녀가 나를 받아 주지 않은 것이 다행이라 생각하며 아직은 그 마음이 변치 않았기를 바라고 있었다.

전일 예약한 비행기는 우리의 좌석을 한 번 더 떨어트려 놓았고 언제나처럼 좌석은 여전히 비좁았다. 세 줄 앞 복도 칸에 앉은 그녀는 고개를 뒤로 돌려 나에게 손을 흔들었다. 나는 미소로 화답하고 휴대폰을 들어 보이며 '이제 비행기 모드로 바꿔!' 하고 신호를 보냈다. 그녀도 고개를 끄덕이며 '조금 이따가 만나!'라는 입 모양으로 신호를 보냈다.

신기하게도 기차나 버스보다도 비좁아 불편한 비행기는 유독 쉽게 숙면에 들 수 있었다. 비행기가 제주공항의 활주로에 닿자 봄을 시샘하기라도 하듯 창밖으로 거센 비바람이 부딪히고 있었다. 주변에서는 아쉬움과 탄식하는 소리도 들려왔다.

나는 이번에는 더 빨리 내릴 수 있도록 서둘러 선반에서 짐을 꺼냈다. 많은 승객을 헤집고 비행기에서 내리니 그녀가 입술을 삐죽 내밀며 나를 기다리고 있었다.

"정말이지… 이래서는 제대로 감성을 느낄 수 없잖아!"

"그래도 처음 느껴 보는 감성대로 좋지 않아? 이 빗소리라면 우리의 두 번째 노래에 영감을 받을 수 있을지도?"

"와아… 그럼 우리 비 맞고 다닐까?"

"아 아니 그건 싫어!"

그녀의 아쉬움은 아직 어색하게 남아 있었지만 우리가 주고받는 농담은 훨씬 더 자연스럽고 편안해져 있었다. 야심 차게 빌린

컨버터블의 루프는 굳게 닫혀 있었고 그 위로 후두두 소리를 내며 빗방울들이 떨어졌다.

한 달이라는 시간은 마치 일 년 정도 지난 것 같은 기분이었다. 그리고 우리는 그 기분을 안고 '그 장소'로 향하고 있었다. 해안도로가 아닌 한라산 근처를 곧장 가로질러서…

"어떤 기분이야 누나?"

"…이전에는 거기로 가는 길이 조금 두렵기도 해서 일부러 해안가 쪽으로 돌아갔었는데… 아 참 그거 알아? 나, 너보다 빨리 너를 봤었어."

"음… 당연히 내 릴스를 먼저 보았다고 했으니까?"

"아니 바보야! 네가 내 펜을 주워 줬던 전날에 난 진작에 너를 발견했었어. 테라스에서 작업하고 있었잖아?"

그녀는 재밌다는 듯하면서도 아련하게 추억을 회상하며 이야기했다. 하지만 그녀의 말은 틀렸다.

"누나, 그거 알아?"

"응?"

"우린 그날 같은 비행기를 타고 왔어. 꼬리 쪽에 가까운 창가 자리에 앉아 있었지?"

그녀는 깜짝 놀라며 대답했다.

"어? 맞아! 뭐야 너?"

"사실 얼마 안 지나서 카페를 나왔는데 안 보이더라."

나는 그녀를 처음 본 이후로 거의 매일마다 그 순간을 추억하고 있었다. 비행기에서 보았던 그녀가 제주도에서 슬픈 얼굴로 혼자 바닷바람을 맞고 있었던 그날부터 나는 동질감을 느끼고 있었다.

"그럼 왜 애월리에서 말을 걸지 않았던 거야?"

"혼자 있고 싶어 하는 것 같았어. 누나의 눈빛이 지금이랑은 많이 달랐거든. 하지만 그것보다는…"

"그것보다는?"

"용기가 없었어 그냥."

"뭐야… 신기해… 만날 수밖에 없는 거였던 걸까…"

그녀와 대화를 하기까지 4번의 우연을 마주쳤다. 어쩌면 엇갈림이라고 써야 할 우연들은 결국 우리를 운명으로 만들었다. 그날 말을 걸지 않았더라도 그녀의 말처럼 우린 결국 어디서든 만날 수밖에 없었던 게 아니었을까…

우리는 목적지에 도착해도 내리는 비 때문에 가만히 빗소리를 들을 뿐이었다. 그녀는 여전히 우연과 운명 사이에서 헤어 나오지 못한 듯 놀란 감정을 진정시키고 있었다. 물론 이 분위기를 깨고 싶지 않았다. 지금부터는 이 운명 같은 그녀와 함께하고 싶었는데…

이제는 이야기해야 했다.

"누나, 나는 여전히 누나를 많이 좋아해… 이전보다도 많이…"

나는 애써 "좋아해"라는 말 이상을 꺼내지 않았다. 내 마음은 이미 그 이상의 단어보다도 큰 의미를 담고 있었다. 그리고 그녀는 나의 손을 조금 세게 잡아 주었다.

"나 사실 5년 전에 영원을 약속했던 사람과 사별했어. 여긴 그 사람이 앞을 볼 수 있을 때 나와 마지막으로 여행했던 장소야."

나는 그 디데이의 의미를 되짚어 보았다. 역시 그녀는 단순한 이별을 한 게 아니었다.

"앞을 볼 수 있을 때?"

"응. 한쪽 눈으로 겨우 살아가던 그 사람은 나를 만나면서 점점 시력을 잃어 갔거든. 그렇게 앞을 못 보게 되고 그 사람의 눈이 되어 주고 다리가 되어 주다 너무 지쳐 버려서 이별을 고했는데… 그 사람이 처음으로 혼자 바깥을 나서서 나를 잡으러 오다가…"

그날처럼 나는 그녀의 이야기를 묵묵히 들어 주었다. 이내 말을 멈춘 그녀는 더 이상 울먹이지도 크게 슬퍼하지도 않았다. 그저 크게 한숨을 쉬고 멋쩍은 미소를 지을 뿐이었다.

오늘 우리가 도착한 이 장소, 그녀에게는 나보다도 더 많은 의미와 추억을 담고 있던 장소였다.

"그래서 네 마음을 받아 줄 준비가 안 되어 있었던 것도… 아직 그 사람을 완전히 지우지 못해서 그랬어, 미안해…"

"이해해, 쉽게 잊을 수 없었을 것 같아. 괜찮아…"

"네가 말해 주었던 좋아한다는 감정을 그때는 너만큼 진실하게 느끼고 있었는지 확신할 수 없었어… 하지만 지금은 달라. 너 때문에 다시 삶의 의미를 찾았고 펜을 잡고… 또… 행복해졌으니까…"

그녀는 나의 손을 더 꽉 움켜쥐며 이야기를 이어 갔다.

"겨울아, 너를 만나고 가장 행복했던 때의 나로 돌아간 기분이야… 고마워… 나도 이제는 가장 가까운 곳에서 너를 마주하고 싶고, 매일 눈 떴을 때 처음 보는 얼굴, 눈 감을 때 마지막으로 보는 얼굴이 너였으면 좋겠어."

그녀는 결국 조금 참아 주었으면 했던 고백의 말을 전했다. 분명 기뻐야 할 말에 나는 마음속 깊은 곳에서 무언가 들쑤셔지는 아픈 느낌이 들었다. 결국, 우리는 다시 한번 엇갈리려 하고 있었다.

"그렇게 이야기해 줘서 고마워."

고개를 떨구고 조금 떨리는 목소리로 이야기를 이어 갔다.

"누나…"

꽉 잡은 손에는 참고 있는 눈물만큼이나 많은 땀이 차오르기 시작했다.

"만약 당장 내일모레… 내가 갑자기 음악 공부를 하겠다고 멀리 가야 한다면 어떨 것 같아?"

그녀의 손에 힘이 풀리는 게 느껴졌다. 따뜻했던 손은 점점 차가워지는 듯한 착각마저 일으켰다.

"뭐라고…?"

F add6

그의 입에서 나온 말은 그저 나를 떠보기 위한 질문이기만을 바랐다.

"어디로… 얼마나…?"

내 목소리는 속마음을 들키지 않으려는 듯 차분했다. '만약'이라고 운을 뗀 문장은 혹시나 하는 마음을 품고 있었고 나는 진실을 듣고 싶었다.

"조금 멀리… 얼마나 걸릴지 모르는 기간 동안…"

내일모레, 조금 멀리, 얼마가 걸릴지 모르는 기간이라는 단어들은 만약이라고 하기에는 꽤 계획적이었다. 점점 그의 눈시울이 붉어지자 그의 말은 곧 일어나게 될 일이라는 것을 암시했다.

"네가 음악 공부를 더 열심히 하겠다는 건 좋은 일이야… 정말 응원하고 아티스트라면 필요한 일이지… 더 넓은 세상에서의 경험은 무엇과도 바꿀 수 없으니까…"

나는 최대한 그를 존중하며 이성적으로 이야기하려 했다. 하지만 그에게서 소리 없이 뚝뚝 떨어지는 눈물을 보자 더 이상 이성적으로 이야기하기 힘들었다.

"겨울아… 그게 왜 하필 지금이야? 어째서? 언제부터 계획되었던 건데? 그 계획 속에 난 어디에 있는 거야?"

지금 나의 목소리는 그를 만난 이후로 가장 큰 소리를 내며 밀어붙이고 있었다. 반대로 그는 가장 작은 목소리로 "미안해…"라는 한마디만을 남겼다. 가슴이 무겁게 내려앉았다. 디미니쉬 코드와 서스포 코드를 거쳐 겨우겨우 쌓아 올린 소중한 메이저 코드는 어느 노래에도 쓸 수 없는 불협화음이 되는 것만 같았다.

"안 가면 안 돼? 더 큰 음악을 하고 싶다면 내가 많이 도와줄게… 네 영감이 되어 주고… 우리가 만든 Holding you처럼… 하아… 나… 이제서야 너를 받아들이게 됐는데…"

나의 말은 설득보다는 애원에 가까웠다. 마치 이미 이별을 결심한 남주인공에게 제발 옆에만 있어 달라고 이야기하는 비련의 여주인공처럼…

"사실 누나를 만난 후라 정말 많이 고민했어… 노래를 완성하고 이야기해도 늦지 않을 줄 알았는데… 그러니까… 좀 더 빨리 이야기해 주었어야 했는데…"

나는 놓았던 손을 다시 붙잡으며 이야기했다.

"네가 더 큰 세상에서 음악을 하고 싶은 꿈 존중해, 네가 아티스트로서 성장하는 걸 누구보다 바라는 사람도 나일 거야. 하지만 그 방법이 꼭 우리 사이의 이별을 전제로 해야 하는 건 아니잖아…"

어쩌면 나는 그를 처음 만났을 때보다도 더 서럽게 울음을 토해내려 하고 있었다.

"나도 너 없이는… 펜을 잡을 수 없을 것 같단 말이야…"

고작 몇 분 만에 들어 올린 얼굴은 몇 달은 보지 못한 것처럼 오랜만에 보는 느낌이었다. 삐걱대는 와이퍼 소리와 잦아드는 빗소리 사이로 정적이 흘렀고 차라리 그를 따라가 버리면 되지 않을까 하는 생각도 들었지만, 그의 말을 듣고 나는 절대 그를 붙잡아서도 따라가서도 안 된다는 것을 깨달아 버렸다.

"오랫동안 동경하던 외국 아티스트한테 답장이 왔어… 나랑 정규앨범을 작업하고 싶대."

"외국 아티스트… 누구?"

그게 누구인지는 사실 중요하지 않았다. 나도 모르게 반사적으로 튀어나온 말이었다. 중요한 건 그에게 다시 없을 기회가 찾아왔다는 것이었다.

나는 겨우겨우 큰 숨을 들이쉬고 그제야 이성을 되찾을 수 있었다.

"하아… 겨울아…"

여전히 그의 눈에서는 눈물이 흐르고 있었다. 그는 아무에게나 찾아오지 않을 큰 기회의 기쁨보다 나와 이별해야 한다는 슬픔을 더 크게 느끼고 있었던 것이다.

하염없이 흐르는 눈물은 그간 얼마나 진심으로 나를 생각해 왔는지, 동시에 얼마나 이별을 진지하게 준비해 왔는지를 알려 주고 있었다.

"…가야지… 그건 당연히 가야 하는 거야… 고민할 가치도 없는 일이야… 몇 년이 걸린다 해도…"

그는 여전히 내가 붙잡을 거라고 생각했는지 단호한 말에 아직 마르지 않은 눈을 힘겹게 나와 맞추려 하고 있었다.

"내가 한 말들은 전부 잊어 줘… 네가 마주한 기회가 얼마나 대단한 건지 몰랐을 때 한 어리석은 소리일 뿐이야… 겨울이 네가 그런 엄청난 제안을 받고도 나 때문에 망설이고 눈물을 흘려 버렸다는 게… 미안하고… 또… 고마워…"

나는 그의 손을 놓고 멈추지 않는 눈물을 부드럽게 닦아 주고 따뜻하게 안아 주었다.

"잘 선택했어. 한겨울, 네가 나 때문에 그런 기회를 놓친다면 평생 너를 볼 면목이 없을 거야. 그리고 너도 분명 후회하게 될 거야. 우리는 더더욱 서로에게 상처와 후회로 남는 관계가 되어서는 안 돼."

그는 그제야 어느 날의 나처럼 소리 내며 흐느껴 울었다. 한 달 전, 마지막 순간까지 받았던 위로를 이제는 갚아 줘야 하는 순간이었다.

나는 안고 있던 팔을 풀고 그의 어깨를 잡았다. 소리 없이 흘린 눈물을 닦고 그에게 밝은 미소를 보여 주며 이야기했다.

"가서 네가 어떤 사람인지 보여 주고 와."

"누나…"

"세상이 한겨울에 꼼짝없이 얼어붙을 음악을 만들어 버려."

조금씩 눈물을 멈추는 그의 얼굴에 나는 멈추지 않고 이야기했다.

"나도… 네가 쥐여 준 펜으로 여기서 잘 버텨 볼게. 몇 달이 걸리든, 몇 년이 걸리든, 네가 돌아올 때까지 기다릴 거야. 너의 가장 큰 팬으로서, 그리고…"

나는 눈물로 젖은 그의 입에 부드럽게 입을 맞추었다.

"그리고… 네 여자친구로서…"

한 달이 지난 지금, 나는 당장 이틀 뒤 떠나야 하는 그를 온전히 받아들였다. 인생에 마지막이라고 단정 지을 사랑의 시작을 의미했다. 그는 나의 말에 한 번 더 따뜻한 포옹으로 답했다. 이번에는 내가 그를 안아 주는 모습이 되어 있었다. 아직 남아 있던 그의 눈물로 나의 옷이 젖기 시작했지만 나는 '괜찮아, 더 흠뻑 적셔도 돼… 울고 싶은 만큼 울어'라고 되뇌었다.

하염없이 우는 그를 그저 토닥여 주며 기다렸다. 어린아이처럼 눈이 부은 그의 얼굴을 잡고 눈을 맞추었다.

"이제 좀 속이 후련해?"

그는 여전히 슬픈 표정으로 고개를 끄덕였고 그의 머리를 쓰다듬으며 이야기했다.

"얼마나 마음고생이 많았을까… 고마워… 미안해…"

"고마워 누나… 너무 늦지 않게 돌아올게…"

"후후… 그 말에 괜찮다고는 못 하겠어."

잔잔한 농담을 던지며 빗소리를 들었다.

"우리 나갈까?"

"비가 이렇게 많이 오는데?"

"그러니깐, 기억에 더 오래 남지 않을까?"

나는 그의 걱정에도 문을 열고 뛰쳐나갔다.

"아아 누나 잠깐만!"

그는 나의 뒤를 쫓았고 우리는 중문색달 해수욕장에서 몇십 분 동안 비를 맞으며 뛰어다녔다. 우리의 아픈 추억들이 모두 씻기길 바라며, 그리고 오늘을 더 오래 기억할 수 있도록…

오직 서로가 지금 옆에 있다는 사실에만 집중하며 손을 잡고 하염없이 뛰어다녔다.

F# add6

당일치기 제주도 여행이 끝나고 나는 그의 집으로 함께 복귀했다. 혼자 살기에 부족하지 않아 보이는 원룸은 반지하 특유의 퀴퀴한 냄새보다는 그에게 안겼을 때 은은하게 나던 섬유 향이 배어 있었다.

그의 집을 둘러보았을 때 가장 먼저 눈에 들어오는 곳은 작업 공간이었다. 책장에 정갈하게 놓여 있는 로맨스 소설들 옆으로 버리지 않은 쓰레기와 정리되지 않은 악보들을 발견할 수 있었다. 나는 그 악보들 중 하나를 집어 들었다.

'봄의 노래…'

열 줄을 꽉 채운 첫 장의 산뜻한 선율을 읽어 보다가 두 번째 장을 찾고 싶어 책상 위를 훑어보았다. 키보드 장판 밑에 악보라고 생각되는 종이가 아주 살짝 삐져나와 있었다. 뒤를 돌아보자 그는 혼잣말을 중얼거리며 큰 캐리어 2구에 짐을 꾸리고 있었다.

'얼마나 소중한 명작이길래…'

장판을 살짝 들춰 보자 생각했던 것보다 훨씬 작은 의외의 종이를 발견할 수 있었다.

제주 Jeju → 김포 Gimpo 탑승일 2025년 3월 28일

나는 미소를 지으며 영수증의 하단에 아주 작게 하트를 그려 넣었다. 그리고 그가 눈치채지 못하도록 제자리에 돌려놓았다. 그가 소중히 영수증을 감춰 놓은 의도를 정확히 알 수 없었지만

나는 '나와의 첫 추억을 잃어버리지 않기 위해'라고 해석하기로 했다.

악보들을 정리하고 쓰레기를 버리려 휴지통으로 시선을 돌리자 반짝이는 물건이 눈에 띄었다. 그에게 '봄의 노래' 두 번째 장의 행방을 물어보는 대신 이 물건에 대해 물었다.

"이거, 버리는 거야?"

은색으로 은은하게 빛나는 달 모양 목걸이였다. 버리기에는 아까울 정도로 보관 상태가 좋았다. 그는 뒤를 돌아보고 단호하게 이야기했다.

"응 버리는 거야."

"왜? 꽤 예쁘게 생겼는데 이거 내가 하면…"

그는 웃는 표정을 지으면서도 단호하게 고개를 저어 보였다. 나는 말없이 목걸이를 제자리로 돌려놓았고 조금 늦게나마 그 목걸이의 출처를 추측할 수 있었다.

그날 밤, 나의 바람대로 잠들기 전 마지막으로 그의 얼굴을 보았고 다음 날 눈을 뜨자마자 처음으로 그의 얼굴을 보았다. 하루 동안은 정말 아무것도 하지 않으며 온전히 그의 곁에서 쉬는 시간을 가졌다. 그리고 애써도 붙잡지 못한 시간은 기어코 우리의 세상에 밝은 태양을 띄워 놓았다.

"좋은 아침, 자기야."

그는 잠이 덜 깨 잠긴 목소리로 아침 인사를 건넸다. 나는 마음껏 그를 끌어안는 것으로 대답을 대신했다. 그리고 그의 머리를 여러 번 쓰다듬었다.

"늦지 않게 가려면 이제 일어나야지."

그는 이불을 한 번 뒤집어썼다가 얼굴을 내밀고 고개를 끄덕였다. 나는 그가 준비하는 동안 아침 식사를 준비했다. 그가 머리를 다 말려 갈 때 즈음 접이식 테이블 위에 반숙 달걀 프라이와 된장찌개, 즉석 밥 두 개를 올려놓았다.

"외국 나가면 이런 음식들 그리워질 거래. 재료가 더 다양했더라면 더 많은 걸 해 줬을 텐데 조금 아쉽네!"

"우와… 훌륭한 마지막 식사야!"

어색한 웃음을 지으며 지그시 그를 바라보았다. 그를 더 오래 담고 싶어서, 조금이라도 더 보고 싶어서…

"마지막이라니, 돌아오면 지겨워할 정도로 만들어 줄 테니까 각오해."

어색한 웃음에 그도 애써 웃어 보이며 된장찌개를 입으로 가져갔다.

"와…"

"어때 맛있어?"

"맛있어, 엄마라고 부를 뻔했잖아?"

"최고의 칭찬이네!"

그는 집을 내놓으려 했지만 마침 거처가 없어진 내가 이곳을 관리해 주겠다는 명분으로 입주할 예정이었다. 현관에 가까이 놓인 두 구의 캐리어와 여행 가방, 그리고 그의 흔적이 조금 빠져 넓어진 원룸은 마음을 한층 더 심란하게 만들었다.

시간은 여전히 우리를 재촉했다. 남김없이 비워진 설거짓거리를 대충 싱크대에 던져 두고 대형 택시를 호출했다.

"빼놓은 거 없지?"

"응 아마도!"

"아마도라니… 뭐 괜찮아! 깜빡한 게 있으면 엄마 같은 여자친구가 보내 줄게! 물론 집 관리도 잘할 테니 걱정하지 마!"

"아! 있어 빼놓은 거!"

그는 급하게 컴퓨터 쪽으로 걸음을 옮겼다.

"그렇지, 챙길 줄 알았어."

이미 예상했지만, 그는 키보드 장판 밑에서 영수증을 꺼냈다. 그리곤 그 작은 영수증을 양손으로 잡아 소중하게 바라보았다.

"누나 이미 발견했었구나?"

그는 영수증 밑에 아주 작게 그려 넣은 하트를 발견한 듯했다.

"그러면 내 생각이 더 잘 날 것 같아서."

"…작사가라 그런지 센스가 좋네요."

"그럼 당연하지! 이럴 줄 알았으면 사진이라도 많이 찍어 둘걸, 작업만 하느라 소중한 걸 못 남겼네…"

"나 복귀하면 된장찌개 먹고 사진부터 찍으러 가자!"

"그래, 그때는 엄마가 아니라 할머니가 생각나도록 더 맛있게 끓여 줄게."

그는 고개를 끄덕이며 영수증을 조심히 지갑에 넣었다.

"택시 거의 도착했나 봐, 이제 출발하자."

큰 심호흡 소리와 함께 그는 넓어진 원룸을 눈에 담았다. 혼자 들기에 조금 무거운 캐리어를 들고 낑낑대며 계단을 올랐다.

"혼자 다 가져가려면 꽤 힘들겠는걸…"

"괜찮아, 나 한겨울이야!"

농담을 던지는 그의 모습에 나는 아직도 그가 내 옆에 있을 것만 같았다. 기사님의 도움으로 짐을 싣고 우리는 택시에 몸을 싣자마자 두 손을 꼭 잡았다.

40km, 30km, 20km… 목적지에 가까워질수록 손에 땀이 났지만 우리는 손을 놓지 않았다. 혹시 갑자기 죽지 않을 정도로 사고가 난다면… 항공사의 사정으로 비행기가 이륙하지 못해 딱 하루만 더 너와 같이 있을 수 있다면… 그 가수의 정규앨범 작업이 갑자기 다음 달로 연기된다면… 여러 가지 말도 안 되는 생각을 하다 보니 택시는 너무나도 안전하고 빠르게 우리를 인천공항에 데려다주었다.

인천공항의 국제선은 3일 전에 함께 간 김포공항의 국내선보다 복잡했다. 두 손을 꼭 잡은 우리는 빈자리에 몸을 앉혔다.

"누나, 부탁하고 싶은 게 있어."

"부탁?"

"우리 집 책상 위를 보면 악보들이 있을 거야. 그중에 봄의 노래라는 악보가 있어."

어제 많은 악보들 중에서도 유독 곡 제목이 눈에 들어와 선율을 읽어 보았던 그 악보, 그 멜로디는 한 번 읽어도 머리에 맴돌

만큼 와닿기도 했다.

"아… 사실 어제 책상을 정리하다가 발견했어! 두 번째 장도 궁금했는걸?"

그는 천천히 고개를 돌리며 눈을 맞추었다.

"…그 노래도 Holding you를 썼던 펜으로 가사 써 줄 수 있어? 대신…"

"대신?"

그의 말투는 사뭇 진지했다. 그리고 조금 아련한 표정을 지으며 이야기했지만 그 이유가 곧 다가올 이별 때문인지 이 부탁 때문인지는 알 수 없었다.

"이 노래 가사는, 누나가 떠나보낸 그 사람을 위해서 써 줘."

가사를 써 달라는 말에는 그다지 놀라지 않았지만 '대신'이라는 단어와 함께 덧붙인 그 말에 적잖이 충격을 받을 수밖에 없었다. 그가 이런 제안을 할 거라고는 상상도 하지 못했기 때문이었을까?

"왜인지 물어봐도 돼?"

나의 진지한 대답에 그는 비행기가 이륙하고 있는 창밖의 하늘을 바라보며 이야기했다.

"미안하고 고마웠던 마음들 전부 이 노래에 담아 준다면… 우리 세 사람 모두 좀 더 편안해질 것 같아."

나는 그 말을 듣고 꽤 오랜 시간 아무 대답도 하지 못했다. 겨우 잊어 가고 있는 그 사람의 생각을 쥐어 짜내며 가사를 쓰라니…

"그리고 직접 불러 줘. 마지막으로 그분이 들을 수 있도록…"

나는 또 한 번 놀라며 그의 얼굴을 바라보았다. 언젠가 나에게 가사를 써 달라고 했던 표정이 겹쳐 보였고 그 표정은 단순한 질투, 포기, 이별의 말 같은 게 아니었다. 이 노래로써 그 사람과의 온전하고도 편안한 끝맺음을 바라는 것 같았다. 겨우 한 달이었지만 하루 종일 붙어 교류를 한 결과 이런 의도 정도는 말하지 않아도 알아챌 수 있었다. 지겹도록 갈망해 온 안정적이고 완벽한 메이저 코드를 위해서 거쳐 갈 수밖에 없었던 문제라고 생각하며 나는 더 이상 이유를 물어보지 않았다. 그리고 그의 손을 더 세게 잡으며 고개를 끄덕였다.

한참을 걸어 체크인하고 수하물을 맡기자 이별이 임박했다는 것을 실감했다. 탑승 시간을 알리는 전광판을 올려다보자 빼곡히 적힌 글씨들 사이에 나타나지 않길 바랐던 목적지가 표시되었다.

인천 ICN → 밴쿠버 YVR

"이제 가야겠네…"
"…그러네."

자리에서 일어나 걸음을 아끼며 천천히 출국 게이트로 걸어갔다. 천천히, 아주 천천히 걸어도 출국 게이트의 출입문은 눈치 없이 가까워졌고 이내 걸음을 멈추었다.

손을 놓고 아쉬운 마음에 괜히 그의 옷깃에 묻은 작은 먼지들을 떼어내 주었다.

"가서 아프지 마, 밥도 잘 먹고… 잠도 잘 자고… 그리고… 조금 늦어져도 괜찮으니까 너무 무리하지는 마. 네가 최고라는 건 이미 내가 알고 있으니까."

"고마워, 이미 누나도 나한테는 최고야."

씩씩한 그의 목소리와 다르게 내 목소리는 미세하게 떨리고 있었다. 눈물이 터져 나올 것 같았지만, 입술을 꽉 깨물고 참아냈다. 지금 울어 버리면 그를 보낼 수 없을 것 같았다. 나는 애써 희미하게 웃어 보였다. 그는 나를 따뜻하게 안아 주었고 이 순간 나에게 세상에서 가장 따뜻한 목소리로 속삭여 주었다.

"사랑해 이새봄…"

"나도…"

목이 메어 차마 사랑한다는 뒷말을 잇지 못했다.

'사랑해'라는 말이 이렇게 아프고, 이렇게 절실하게 느껴진 적은 없었다. 나는 그저 그를 오랫동안 끌어안는 것으로 내 마음을 전했다. 유리문 너머로 보이는 보안 검색대와 분주한 사람들, 저 문을 통과하면 그는 정말로 떠나는 것이다. 그를 강하게 안고 있던 깍지를 풀고 팔에서 천천히 힘을 풀었다. 양손으로 그의 팔을 훑고 내려오며 두 손을 잡고 마지막 온기를 느꼈다.

그리고 마침내 그를 완전히 내 손에서 놓아주었다.

"자… 그럼… 다녀오겠습니다!"

"잘 다녀와, 겨울아!"

나는 그의 등 뒤에 있는 출국 게이트를 향해 고갯짓했다. 씩씩하게 외치는 그의 마지막 인사가 분주한 공항의 소음 속에서도 유난히 선명하게 내 귓가에 박혔다. 손을 흔들고 웃으며 돌아선 그는 정말 단 한 번도 뒤를 돌아보지 않았다. 그저 넓은 발걸음으로, 꿈을 이루려는 넓은 세계로 걸어 나가고 있었다.

점점 작아지는 그의 뒷모습을, 나는 그 자리에 박힌 못처럼 하염없이 바라보았다. 그가 인파 속으로 완전히 사라져 보이지 않게 될 때까지… 행여나 한 번 더 돌아볼까… 그의 모습이 시야에서 완전히 사라지고 나서야 아무렇지 않은 척, 씩씩한 척, 그를 위해 썼던 모든 가면이 한꺼번에 벗겨져 내렸다.

결국 뜨거운 눈물 한 방울이 뺨을 타고 흘러내렸다. 사랑의 시작을 알린 눈물은 봇물 터지듯 쏟아져 나왔다.

나는 고개를 숙이고 두 손으로 얼굴을 감쌌고 두 어깨가 들썩일 정도로 소리 죽인 울음이 터져 나왔다.

그를 만나고… 정말 많이도 울었다…

8. Arpeggio

Arpeggio

    나는 눈물로 젖은 얼굴을 들어 멍하니 비행기들이 뜨고 내리는 풍경을 바라보았다. 조금 있으면 저 비행기 중 하나에 그가 타고 있겠지… 꿈을 향해 날아오르겠지… 슬픔 속에서도 가슴 한편이 뻐근하게 차오르는 기분이었다.
    그의 발목을 잡지 않았고 그의 위대한 여정의 시작을 막아서지 않았다는 안도감… 나는 눈물을 닦고 자리에서 일어섰다. 이제 나도 정신을 차리고 내 자리로 돌아가야 했다.
    한겨울이 없는 새봄을 맞이할 일상으로…

올해는 4월까지도 아쉬운 그 마음을 알기라도 하듯 눈이 내렸다. 그 찬 기운이 4월의 마지막 날까지 이어졌고 아직 찬 바람은 지하철로 향하는 발걸음을 더더욱 무겁게 만들었다.

하지만 절대 절망적이지만은 않았다. 우리에게는 '기다림'이라는 새로운 약속이 생겼으니까…

나는 무선 이어폰을 꽂고 발매를 기다리는 Holding you를 몇 번이고 반복 재생했다. 그리고 마치 그가 내 옆에 있는 것처럼 그 노랫소리에 안정을 찾아 갔다.

두 달이라는 시간은 생각보다 빠르게 흘러갔다. 그가 떠난 후, 내 일상은 다시 예전의 모습으로 돌아왔지만 모든 것이 전과 같지는 않았다. 이제는 주인 없는 그의 집에 홀로 앉아 있으니 문득 그의 목소리가 들리는 듯했고, 함께 기타와 피아노를 치며 웃던 날들이 아른거렸다. 우리는 거의 매일 연락을 주고받았지만 11시간이라는 시차 때문에 그에게 아침은 나에게는 밤이었고, 나에게 낮은 그에게는 새벽이었다.

그래서인지 화면 너머로 보는 얼굴과 목소리로는 채워지지 않는 허전함이 항상 마음 한구석에 자리 잡고 있었다. Holding you

는 저번 주에 발매될 예정이었지만 그에게서 유통사와의 혼선이 생겨 발매일이 많이 늦춰졌다는 연락을 받았다.

  음원 사이트의 메인에 노출되고 가장 노래가 알려지기 좋은 시기까지 6개월을 더 기다려야 한다는 말에 실망했지만, 그것은 내가 결정할 수 있는 일이 아니었다.

  그가 없는 동안 봄에 어울리는 예쁜 가사, 비유적 표현을 많이 넣은 심오한 가사, 흔하디흔한 사랑 이야기를 담은 여러 가사를 써 보았다. 이 가사로 다른 아티스트들과 합을 맞춰 보려고도 했지만, 그에 버금이라도 가는 시너지를 찾기에는 역부족이었다. 그래도 난 그에게 부끄럽지 않게 오늘도 펜을 쥐고 가사를 쓰고 있었다.

  밤에는 러닝을 하고 비가 오는 날에는 일부러 밖을 나가 보기도 했다. 인터넷 사이트를 통해 작사 의뢰도 받으며 남들 못지않게 바쁘게 살다 보니 어느덧 뜨거운 여름도 지나고 을씨년스러운 가을을 지나 나의 옛 추억과 동시에 그의 이름이 담긴 계절이 살벌한 추위를 몰고 왔다.

  이 12월이라는 계절은 매년 슬픔으로 다가왔지만, 올해는 결국 그 슬픔을 극복해 냈다. 그리고 이 계절의 이름은 나에게 너무나도 소중하고 또 반가웠다. 그동안 캐나다에 갈 생각도 해 보았지만 나는 그의 공부와 경험을 단 하루라도 방해하고 싶지 않았다. 한편으로는 그가 떠나던 날의 마지막 표정과 넓은 세계에서 모든 일을 성공리에 마무리 짓고 돌아왔을 때의 표정을 생생하게 비교하고 느껴 보고 싶었다. 하루하루를 이런 생각으로 버티다 보니 오늘은 드디어 우리의 작품 Holding you가 공개되는 날이었다.

발매가 예상보다 훨씬 늦어졌지만 오래 기다린 만큼 애틋하고 긴장되는 날이었다. 정오가 되기만을 기다리며 나는 아무것도 손에 잡지 못한 채 의자에 앉아 저번 달 도착한 실물 앨범만 멍하니 바라보았다.

앨범 타이틀 밑 작게 적힌 'Produced by 한겨울' 그리고 바로 밑 줄에 정갈하게 적혀 있는 'Lyrics by 이새봄'. 언제 보아도 이 앨범에 적힌 이름들은 낯설면서도 자랑스러웠다.

정오가 되자 나는 떨리는 손으로 음원 사이트에 접속했다. 메인 화면에 걸린 유명 가수들의 신곡 발매 목록들, 화면을 조금 넘기자 메인 화면의 가장 끝에서 두 번째 칸에는 익숙한 앨범 자켓과 함께 '한겨울 - Holding you'라는 제목이 선명하게 떠 있었다. 나는 헤드폰을 쓰고 손을 떨며 재생 버튼을 눌렀다.

처음 들었던 그 멜로디, 불안정하게 시작되던 디미니쉬 코드의 아련함, 애태우듯 이어지는 서스포 코드의 긴장감, 그리고 마침내 모든 것을 감싸안으며 터져 나오는 메이저 코드의 안정감. 이 코드들을 감싸 쥐는 그의 목소리는 한층 더 성숙하게 들리는 듯했다. 그리고 점점 더 음량을 올렸다.

시작과 끝을 이어 버릴 널 위한 위로 되어
Holding you Holding you

우리가 함께 완성했던 마지막 가사가 그의 목소리를 통해 흘러 나오는 순간 벅찬 느낌이 들었다. 그리고 마지막 코드가 연주되자 나는 고개를 갸웃거렸다.

"이거… 우리가 작업한 거랑 조금 다른데?"

나는 한 달 동안 수없이 MR을 들었기에 미세한 차이도 단번에 알아차릴 수 있었다. 그럼에도 나는 몇 번이고 그 부분을 돌려보았다. 분명 메이저 코드 뒤로 애드식스로 마무리되어야 할 이 노래는 조금 더 잔잔한 아르페지오로 마무리되고 있었다.

한 번 더 그 부분을 듣기 위해 노래를 돌려 보려던 순간 나의 헤드폰이 벗겨졌다. 아니… 벗겨졌다기보다는 누군가 의도적으로 벗겼다. 나는 깜짝 놀라 소리를 질렀다.

"꺅!"

"눈치챘어?"

이 목소리… 수화기 너머로 수없이 들었지만 들어도 들어도 듣고 싶던 이 목소리…

너무나도 익숙하고 반가운 목소리에 뒤를 돌아보자 7개월 동안 화면으로만 보던 그리운 얼굴, 장난기 어린 미소를 띤 그가 커다란 꽃다발과 함께 묵묵히 서 있었다.

"하하, 다녀왔습니다."

나는 의자에서 벌떡 일어났다. 그리고 무슨 말을 할 새도 없이 와락 그의 품에 안겼다. 너무 세게 안은 나머지 그가 준비한 꽃다발이 떨어졌다. 그간 그의 체취는 조금 더 성숙하게 변해 있었다.

그가 없는 동안 몇십 번이나 그의 꿈을 꾸었다. 하지만 이 감촉은 진짜였다. 정말로 그가 내 앞에 있었다. 나는 헤어스타일마저 깔끔해진 그를 이리저리 훑어보았다.

"이거 꿈 아니지?"

그의 눈빛은 순수함에서 성숙함에 가까워져 있었다. 그렇다고 순수함이 없어진 것도 아니었다. 그는 내 등을 토닥여 주었다. 그 따뜻한 손길에 그동안 억눌러 왔던 그리움과 반가움이 이제는 지겨울 법도 한 눈물과 함께 한꺼번에 터져 나왔다.

그의 어깨에 얼굴을 묻고, 아이처럼 엉엉 울었다. 보고 싶었다고 너무 보고 싶었다고, 말없이 울음으로 외치며 그의 옷을 적셔 버렸다. 그렇게 한참을 그의 품에서 울고 나서야 나는 겨우 고개를 들고 눈물로 엉망이 된 얼굴로 그를 올려다보았다.

"일부러 넣어 두었던 나의 불협화음 애드식스… 그 부분이 바뀐 걸 알아차렸나 보네."

우리의 앞날이 더 특별해질 거라며 마지막을 고쳐 쓴 애드식스… 그 말에 감동하느라 나는 그저 잘 어울린다고만 생각했다. 하지만 발매된 음원은 애드식스가 아닌 좀 더 자유로운 아르페지오가 자리 잡고 있었고 그는 애드식스가 불협화음이라고 이야기하고 있다.

"이게 뭘 의미하는지 알겠어?"

"하아… 진짜 한겨울…"

나는 다시 한번 그를 꽉 껴안았다. 늘 그랬듯 말하지 않아도 확실히 알 수 있었다. 애드식스는 그에게 있어 오직 나를 떠나 있어야 했던 슬픔의 시간, 그 자체였다. 이제 그가 돌아왔기에 그 불협화음은 사라지고 아름다운 선율을 따라 올라가는 아르페지오처럼 자유로워졌다는 것…

나는 그가 없는 동안 그의 성공을 응원하면서도 한편으로는 우리 사이의 거리가 멀어질까 두려워했다. 하지만 그는 달랐다. 그는 오직 우리의 이별이 빚어내는 슬픔을 언제든 수정할 수 있는 '불협화음'이라 여겼고 드디어 그것을 수정하기 위해 내게로 돌아왔다.

그의 세상의 중심에는 여전히 내가 있었다. 그리고 오늘, 나는 이제서야 7개월 전 그의 앞에서 행여나 울어 버릴까 봐 하지 못했던 말을 눈앞에서 전했다.

"나도 사랑해 한겨울…"

9. Outro

Outro

캐나다에 도착한 후 두 달 동안은 정말 바쁘게 살아왔다. 하루도 빠짐없이 단 5분이라도 그녀와 연락이나 영상통화를 주고받으며 외로움을 달랬지만 그럼에도 Holding you를 들을 때면 그녀와의 추억들이 나를 여전히 아련하게 만들었다.

낯선 곳에서 혼자 장기 체류하는 것에 대해 많은 걱정이 앞섰지만 나를 초대해 준 아티스트와 동료들의 세심한 배려 덕에 현지 생활에 어렵지 않게 적응할 수 있었다. 특별한 일이 없다면 그와의 작업, 음악 공부 등의 커리큘럼은 앞으로 반년 뒤에 끝날 예정이었다.

자는 시간을 아끼거나 하루 공부량을 더 늘려 조금 더 서두를 수 있었지만, 너무 무리하지 말라던 그녀를 걱정시키고 싶지 않았기 때문에 무리가 되지 않을 선에서 이곳의 생활과 작업의 균형을 맞추었다. 변수라는 건 언제든 생길 수 있기에 그녀에게는 일부러 돌아갈 날짜를 이야기해 두지 않았다.

물론 그녀가 나를 기다리고 있을 거라는 생각을 하지 않은 것은 아니다. 하지만 내가 지내 오며 본 그녀의 모습으로 미루어 보았을 때엔 하염없이 나를 기다리기만 하는 모습보다는 다시 펜을 잡고 가사를 쓰며 새로운 아티스트들과도 호흡을 맞추며 도전하는 모습에 가까웠다. 무엇보다 그녀의 눈빛은 나를 떠나가지 않을 것이라는 확신을 주고 있었다.

이 강하고 멋있는 여자는 정말 그렇게 살고 있었고 내가 틀리지 않았다는 생각에 고마운 마음마저 들었다.

홀로 싸우고 있을 그녀에게 어떻게 해야 큰 선물이 될 수 있을까 고민하던 나는 유통사에 내가 돌아가는 날짜에 우리의 노래가 발매될 수 있도록 일정을 연기해 달라 부탁해 놓았다. 마침 나의 계획 안에는 Holding you의 재녹음도 필요했다.

맨 마지막의 애드식스 코드는 생각보다 부자연스러운 음을 내고 있었기 때문에 마지막 코드를 과감하게 없앤 대신 다음을 기약할 수 있는 분위기의 부드러운 아르페지오를 넣었다. 정오가 되자마자 이 노래를 끝까지 들었을 때 알아주길 바라는 마음으로…

　우리의 이별은 슬퍼하던 5월, 조금은 춥고 낯설었던 새봄으로 시작해서 누구보다 따뜻해질 12월의 한겨울로 끝을 맺었다.

　누군가에게는 짧고 누군가에게는 아주 길게 느껴질 수 있는 7개월이라는 시간은 한 사람을 성장시키고 한 사람의 변치 않는 마음을 시험하기에 충분한 시간이었다. 이 생활의 끝에 나는 그녀에게 더 이상 어린 빛이 아니었다. 커다란 경험을 안고 그녀에게 돌아가는 그 길은 서로의 시작과 끝을 이어 이미 영원히 빛나게 될 만년의 빛이 되어 있었다.

　잊지 못할 한겨울, 만년의 빛 아래, 이제서야 우리를 따뜻하게 만들어 줄 '봄의 노래'가 울려 퍼지려 하고 있었다.

- Fine

작가 후기

   무명 가수가 조금 욕심을 부려 작가에 도전을 해 첫 작품이 탄생하였습니다.
   '한겨울'이라는 주인공은 저를 모티브로 하고 있기 때문에 저의 성격과도 많이 닮아 있습니다. 이 주인공이 무엇을 하고 싶었을지, 어떤 감정이 들었을지 좀 더 가까이에서 느끼고 싶어 제주도의 중문색달 해수욕장과 이호테우 해변의 브런치 카페도 갔다 와 보니 결국 겨울과 새봄을 해피엔딩으로 만들어 주고 싶었습니다. 제가 생각했던 중문색달 해수욕장의 이미지는 생각보다 많이 달랐습니다. 그저 서울과 가장 멀리 떨어진 곳이라는 이유로 그곳을 선정했지만 생각보다 단조로우면서도 화려하지 않은 아름다움이 있는 장소였습니다. 때문에 생각했던 이미지의 장소로 바꾸는 것보다는 작품의 내용을 그곳에 맞추고 싶었습니다.
   초여름날의 꿈으로 써 내려간 이 스토리는 알게 모르게 저의 미래에 대한 갈망이 함께 담겨 있습니다. 부족했던 첫 작품이었을 테지만 언젠가 새봄의 사별한 연인과의 과거 이야기를 담은 애드 투와 봄의 노래, 겨울의 유학 생활의 이야기를 담은 애드 나인과 겨울의 노래까지 세상에 내비쳐 보이고 싶습니다. 음악을 만들 때처럼 최선을 다해서 만들었기에 단순한 뿌듯함보다는 비로소 제가 살아 있다고 느끼는 행복함에 가까운 시간이었습니다. 이 페이지까지 소중히 읽어 주신 독자 여러분들께 진심으로 감사드립니다. 여러분들이 저에게는 만년의 빛입니다.

애드식스

ⓒ 진현준, 2025

초판 1쇄 발행 2025년 12월 9일

지은이	진현준
펴낸이	이기봉
편집	좋은땅 편집팀
펴낸곳	도서출판 좋은땅
주소	서울특별시 마포구 양화로12길 26 지월드빌딩 (서교동 395-7)
전화	02)374-8616~7
팩스	02)374-8614
이메일	gworldbook@naver.com
홈페이지	www.g-world.co.kr

ISBN 979-11-388-4895-4 (03810)

- 가격은 뒤표지에 있습니다.
- 이 책은 저작권법에 의하여 보호를 받는 저작물이므로 무단 전재와 복제를 금합니다.
- 파본은 구입하신 서점에서 교환해 드립니다.